梁啟勳 著

詞學

貴州出版集團
貴州人民出版社

圖書在版編目（CIP）數據

詞學 / 梁啓勛著 . -- 貴陽 : 貴州人民出版社 ,
2024. 9. -- ISBN 978-7-221-18614-0

Ⅰ . I207.23

中國國家版本館 CIP 數據核字第 2024TE1734 號

詞學

梁啓勛　著

出 版 人　朱文迅
責任編輯　馮應清
裝幀設計　采薇閣
責任印製　衆信科技

出版發行　貴州出版集團　貴州人民出版社
地　　址　貴陽市觀山湖區中天會展城會展東路 SOHO 辦公區 A 座
印　　刷　三河市金兆印刷裝訂有限公司
版　　次　2024 年 9 月第 1 版
印　　次　2024 年 9 月第 1 次印刷
開　　本　710 毫米 ×1000 毫米 1/16
印　　張　16
字　　數　96 千字
書　　號　ISBN 978-7-221-18614-0
定　　價　88.00 元

出版説明

《近代學術著作叢刊》選取近代學人學術著作共九十種，編例如次：

一、本叢刊遴選之近代學人均屬于晚清民國時期，卒于一九一二年以後，一九七五年之前。

二、本叢刊遴選之近代學術著作涵蓋哲學、語言文字學、文學、史學、政治學、社會學、目録學、藝術學、法學、生物學、建築學、地理學等，在相關學術領域均具有代表性，在學術研究方法上體現了新舊交融的時代特色。

三、本叢刊遴選之近代學術著作的文獻形態包括傳統古籍與現代排印本，爲避免重新排印時出錯，本叢刊據原本原貌影印出版。原書字體字號、排版格式均未作大的改變，原書之序跋、附注皆予保留。

四、本叢刊爲每種著作編排現代目録，保留原書頁碼。

五、少數學術著作原書内容有些許破損之處，編者以不改變版本内容爲前提，稍加修補，難以修復之處保留原貌。

六、原版書中個別錯訛之處，皆照原樣影印，未作修改。

由于叢刊規模較大，不足之處，懇請讀者不吝指正。

詞學上編　目録

詞學下編　目録

例言

一　聲音之道，以大別言之，一曰語言，一曰歌曲，舉凡意志與情感之表示，緣由於此。其發於自然者謂之天籟，漸進而具格律者即稱藝術。是故藝術化之一語，實含有規矩準繩之意義焉。詩詞歌曲，表示情感之工具也。茲數者，各自有其格律，故亦各自成爲一種藝術。至若作品之感人深淺，則視作者之技術爲何如，技術之優劣，又視所用之工具爲何如。所謂工欲善其事，必先利其器。事即技術，而器即工具也。又曰能與人規矩，不能使人巧。規矩即格律，而巧即技術也。可見技術雖屬於天才，唯規矩則必須先知，然後有巧不巧之可言。詞爲文學藝術之一種，就表示情感方面言之容或可稱爲一種良工具。此書之作。上編乃與人規矩。下編乃示人如何而後可以謂之巧。

二　凡屬純文學最不能以科學論。因文學家之人生觀多異乎尋常。故其所造之意境亦別有天地。然而意境爲一事。藝術又別爲一事。是書之作。全部皆用嚴整之科學方法。於每一標題之下。無處而非用歸納法或比較法以求得其公例。

三　詞由詩變。其特異處即在長短句錯雜成章。故句讀實爲詞之根本大法。是書於斷句一節三致意。探其本也。不此之求。則將如李淸照所謂句讀不葺之詩矣。

四　長短句錯雜之法。每章不同。各自有其格律。故符號實爲不可少之一事。符號者何．即調名是已。詞之調名似有意義而實無意義．作用不過符號。本書於調名一節．搜索頗費工夫。命名之始．大別可分爲九。(一)用古人詩句中語。如玉樓春．滿庭芳等是。此類最多。(二)以地理。如六州歌頭．八聲甘州．揚州慢等是。(三)以宮室。如沁園春．擷芳詞．等是。(四)以人名。如蘭陵王．虞美人等是。(五)以風俗。如菩薩蠻．蘇幕遮．等是。(六)以宮調。如角招．徵招等是。(七)本意。如別怨．望梅．等是。(八)寓意．如六醜．暗香．疏影．等是。(九)用本詞中之一句。如憶王孫．如夢令等是。

五　平仄亦詞之大法。四聲乃一平三仄．即所謂平．上．去．入．是也。河北方言只三聲．而吾粵則九聲。但詞之格律．最少亦須用五聲．

即陽平．陰平．上．去．入．是已。書中之平仄與發音二節．舉例頗勞斟酌。

六　詞之歌譜既失傳．襯音一節．原是余一人之理想。後證以王伯良曲律及苕漁溪隱叢話之所記載．乃知此理想亦竟爲事實矣。

七　宮調最爲複雜。且敘述於歌譜失傳之後．倍覺困難。本編只於羣書中徵集諸說．用最簡明之方法以詮次之．俾讀者能於最低限度中獲一明瞭之印象而已。

八　下編技術之分類．不過畧舉其大致。細工分析．當不止此。每類所舉之例證．幾經選擇．力求避免武斷之嫌。但是否能一一恰當，仍不敢自信。

九　余最不以詩文詞曲之選本爲然，書中固屢言以矣。是書上下二編，計引用古人作品以爲例者凡一百六十六首。非矛盾也。余之所以惡乎選本者，殆惡其祇以主觀作標準，任意去取，不付理由耳。余所列舉之百六十六首，則皆以客觀的精神在一標題之下，搜求名作以爲例證。既非主觀，則選之一字，自可以不任受。

十　是書以辛未十二月二日始屬稿，十六而規模粗具，半載以還，隨時修補。一日之間，工作在十八小時以上者有之，兼旬而不理會者亦有之。稿凡三易，至壬申五月二十日而書以成。自謂祇撫拾羣書以備忘，若云著述，則吾豈敢。壬申十一月十六日新會梁啓勳識。

詞學 上編

目錄

九　慢近引犯

十　暗韻

十一　襯音

十二　宮調

詞學 上編

新會梁啓勳初稿

（一）總論

詞學二字頗生硬、過去雖有此名辭、未見通顯、計詞之傳於世者、今尚得八百三十餘調、一千六百七十餘體。然而音譜失傳、徒供讀品、今但視作文學中之一種、以研究之、則詞學二字亦尚可通。自元曲勃興、詞聲漸失、然倚聲之作、尚代有傳人。作品雖不能付歌喉、但作者若有一字不師古、輒羣起而非之、是以千餘年間、繩墨因依、竟無敢以一字背古人、其控制力之偉大、直是一種神秘性、斯亦可驚也已。學問遞嬗、遂成進化。韻文亦學問之一種、自不能外此公例。詞學將從此遂成殭石耶．抑猶有生機而可以發皇光大也．是在來者。模倣乃創造之媒．但模倣云者．須先周知其內容．是即此書之微意矣。

有韻之文皆可歌．自三百篇以迄元明雜劇．罔不如是。其間遞嬗變化．略可區分為詩樂府詞曲之四大別。此外如騷．賦．七．駢．等又當別為一譚．釋之如下、

〔詩〕蘇李贈答．世稱為五言之祖．至漢魏間而規模完備。七言詩亦起於漢魏間．至初唐而大成。然而篇幅之大小．悉隨人意絕無制限。自沈宋等成立律絕體．始有八句四句一首之格律．即所謂近體詩是也。盛唐以後．律詩之格局．日趨於謹嚴。聲病對排層

層束縛。此由古體之縱橫而變爲拘謹者也。

〔樂府〕樂府之名起於漢，有郊廟，燕射，鼓吹，橫吹，相和，淸商，舞曲，琴曲，等名目。舉凡四五七言之詩歌，統名之曰樂府，卽所謂古樂府是也。盛唐以後，漸將長短句雜用之法擴而充之，號曰新樂府。句法有長短，但無一定之排比，篇幅之大小亦無定律。格調可任意爲之，無所謂調名。中唐以後則多以首句名其篇。如白香山之賣炭翁，陰山道，時妝女，杏爲粱，等是也。所謂新樂府者殆由近體詩之謹嚴解放而爲浪漫者也。分行，引，歌，謠，吟，詠，怨，歎，八類。

〔詞〕詞亦稱樂府，但與新樂府逈不相同，蓋由新樂府之浪漫復變而爲謹嚴者也。句有長短，但次序有一定之安排，不能移易，篇幅亦有大小，字數嚴定，不容增減。四聲尤重，誤則拗嗓，韻叶句逗，條規井然。苟非精於音律者不能易一字。格律之肅穆如此，故每調須特立一名以爲別。在同一調名之下，句法短長之次第，每首字數之多少，無不相同。

〔曲〕曲則復由詞之謹嚴而變爲解放，句有長短，篇幅亦有大小。但同是一調，而句法每多不同，一句中字數之多少，可任意增減，有相差至十餘字者，只要無礙於按拍，句之長短，可隨意也。大抵北曲多促節，故字多而疾，南曲多靡慢，故字少而徐。曲可四聲通叶，（北曲只有三聲）不若詩詞之板滯。然彼又自有其格律，恐律呂之謹嚴處，或將尤過於詞。且移宮換羽，可以變化無窮，此則韻文之大進化矣。

詞起於唐．歷五代至宋而集其大成．南宋稱極盛。然而極盛亦即衰落之起點。南宋諸賢自覺循軌以進．難邁前人．刻意欲覓新途徑．而不能闢新意境。循至末葉．徒事堆砌．已成弩末。即不有南北音調之不同．元曲亦將代之而興矣。

曲之異乎詞．在於有伸縮力．即襯字是已。用襯字則於規矩謹嚴之中．又可以有彈力性．試畧舉其方。

關漢卿之謝天香

（正宮）【端正好】我往常在風塵．爲歌妓。不過多見了幾個筵席。回家來仍作個自由鬼。今日倒落在無底磨牢籠裏。

馬致遠之任風子

(正宮)【端正好】添酒力晚風涼。助殺氣秋雲暮。尙兀自腳趔趄醉眼模糊。他化的我一方之地都食素。單則俺殺生的無緣度。

王實甫之西廂記

(正宮)【端正好】碧雲天。黃花地。西風緊北雁南飛。曉來誰染霜林醉。總是離人淚。

以上三折。調名相同。宮調亦相同。而句之長短。字之多少則無一相同。但試把襯字除去。則又同矣。

曲之彈力性。非唯可增。抑亦可減。試舉西廂記驚艷一折。便知其概。

（仙呂）【賞花時】夫子京師祿命終。子母孤孀途路窮。旅櫬在梵王宮。盼不到博陵舊塚。血淚灑。杜鵑紅。

（仙呂）【賞花時】可正是人値殘春蒲郡東。門掩重關蕭寺中。花落水流紅。閑愁萬種。口無語怨東風。

第一折煞韻「血淚灑。杜鵑紅。」第二折則作「無語怨東風。」何等活動。然而襯字亦不能濫用。王伯良謂細調板緩。多用二三襯字尙無妨。緊調板急。若用多字便躱閃不迭。

王伯良曲律曰。上古之關雎鹿鳴。漢之朱鷺石流。晉之子夜莫愁。六朝之玉樹金釵。唐之霓裳水調。已日趨穠艷。然祇是五七言詩句。不得縱橫如意。宋詞句有長短。聲有次第矣。亦尙限邊幅。未暢人情。至金元之南北曲，則洋洋灑灑，蔑以加矣。又曰，詩限於律與絕，即不盡於意，欲爲一字之益而不可得。詞限於調，即不盡於吻，欲爲一語之益而不可得。若曲則調可累用，字可襯增。詩與詞不得以諸語方言入，而曲則唯吾意之所欲至，口之所欲宣，縱橫出入，無之而無不之也云。此與余所謂層層解放之說同。至謂詩限於律與絕，詞限於調之說，頗欠明達。詩之古體，何嘗不可以縱橫出入，豈得謂欲爲一字之益而不可得。又如趙德麟西廂本事詞之〔蝶戀花〕，何嘗非累用十二闋，豈得謂欲爲一語之益而不可得。至如用襯字，入方言，則眞可稱爲文學上之大解放矣。

有韻之文，皆可歌，誠是矣。但歌舞二字，雖成一名詞，然而歌舞合一則直至元明之間乃得完成斯亦奇矣。毛奇齡之西河詞話曰古者歌舞不相合歌者不舞舞者不歌。即舞曲中詞亦不必與舞者搬演照應。自唐人作拓枝詞蓮花鏇歌則舞者所執與歌者所措詞稍稍相應然無事實也。宋末有安定郡王趙令畤者始作商調鼓子詞譜西廂傳奇（案即上文所引之趙德麟蝶戀花詞十二闋）則純以事實譜入詞曲間然猶無演白也。至金章宗朝有董解元者不知何許人作西廂搊彈詞則有白有曲專以一人搊彈并念唱之。嗣後金作淸樂仿遼時大樂之製有所謂連廂詞者則帶唱帶演以司唱一人琵琶一人笙一人笛一人列坐唱詞。而復以男名末泥女名旦兒者并雜色人等入勾欄扮演隨唱詞作舉止如「叅了菩薩」則末泥祗揖。「只將花笑撚」則旦兒撚花類。北人至今謂之連廂，曰打連廂，唱連廂，又曰連廂搬演。大抵連四廂舞人而演其曲，故云。然猶舞者不唱，唱者不舞，與古人舞法無以異也。至元人造曲，則歌舞合作一人，使勾欄舞者自司歌唱，而第設笙笛琵琶以和其曲。每入場以四折爲度，謂之雜劇。其有連數雜劇而通譜一事者，名爲院本。西廂記即合五劇而譜一事者也。然其時司唱猶屬一人，仿連廂之法，不能遽變。雜色入場第有白無唱，謂之賓白。賓與主對，以說白在賓，而唱者自有主也。至元末明初，改北曲爲南曲，則雜色人皆唱，不分賓主矣。

此段紀述，舉數千年歌舞之變化及南北曲之異同，予吾儕以一極明瞭之解釋。然而歌舞合一．成熟乃如是之晚．眞意想所不及矣。

彙苑詳注云曲者詞之變。金元所用北樂．緩急之間．詞不能按．中原人士乃更爲新聲以悅之。馬東籬輩．咸富有才情．兼善音律遂擅一代之長。大江以北．漸染北語．隨時採入．而沈約四聲．遂闕其一。東南之士．稍稍復變新體．號爲南曲．高則誠遂淹前後。大抵北主勁切雄麗．南主清峭柔遠。

讀此得知由詞遞變入曲之主因．及曲之所以發生於元代之故。蓋以南北語言不同．高低疾徐之間．詞不能按故也。而南曲之所以產生．亦於斯可見。蓋以北語無入聲．不適於南腔故耳。此實韻文變化之一大關鍵矣。

曲之類別．金元之世分三種。即小令．套數．雜劇．是也。後又有所謂傳奇．並此而四。其區別略如下。

小令　只用一曲．與宋詞略同。

套數　合一宮調中諸曲爲一套．與雜劇之一折略同。

雜劇　每劇四折．每折易一宮調。

傳奇　亦名院本．有長至四十齣者。乃連綴數雜劇而成。

衡曲麈譚曰．傳奇之曲與散套異。傳奇有答白可以轉換．而清曲則一綫到底。傳奇有介頭可以變調．而清曲則一韻到底云云。彼之所謂清曲．殆指套數雜劇而言。讀此則傳奇之所以異於雜劇者可概見矣。

至於南北曲之大別．則明魏良輔曲律言之甚詳。其言曰．北主勁切雄壯．南主淸峭柔婉。北曲字多而調促．促處見筋．故調情多而聲情少。南曲字少而調緩．緩處見眼．故調情少而聲情多。此言可謂簡而核。試錄馬致遠之黃粱夢一折．便知北曲字多南曲字少之說。

【叨叨令】我這裏穩丕丕土坑上迷颩沒騰的坐。那婆婆將粗剌剌陳米喜收希和的播。蹇驢兒柳陰下舒着足乞留惡濫的臥。那漢子去脖項上婆婆沒索的摸。你則早醒來了也麼哥。你則早醒來了也麼哥。可正是窗前彈指時光過。

此調之正文祇是

土坑上坐。陳米播。蹇驢臥。脖項上撲。醒來了也麼哥。醒來了也麼哥。窗前彈指時光過。

此因元曲以得用襯字故．故輒以許多俗語．或自然土音．作形容辭。「蹇驢臥」一句只三字．乃增加成十六字．比正文加五倍有奇。南曲則無此。南曲所用之襯字．罕見有超過正文一倍者。

南曲雖發生在北曲之後．然金元雜劇．實淵源於南戲。徐文長南詞叙錄曰。南戲始於宋光宗朝永嘉人所作。趙貞女王魁二種實首之。故劉後村有「死後是非誰管得．滿村聽唱蔡中郎」之句云。然則高則誠之琵琶記．實取宋人之劇本而演之耳。或云南戲已濫觴於宣和間。其盛行則自南渡。號曰永嘉雜劇。

（二）詞之起源

詞起於唐．於燉煌石室．發見有所謂雲謠曲子者十八闋．但無作者名。至於花間尊前兩集．則作者之名氏具焉。花間集乃後蜀趙崇祚輯．有歐陽炯序文。尊前集不知何人輯．但無宋人詞．彊村等定爲宋初人輯。兩集所收．皆自唐以迄五代。見於花間集者則有温庭筠．牛嶠．韋莊等．皆晚唐人。見於尊前集者則有唐玄宗．李白．韋應物等．皆盛唐人．白居易．劉禹錫等．乃中唐人．杜牧．韋莊．温庭筠．韓偓等．則晚唐人。自餘皆五代。花間所收凡五百首．尊前所收凡三百首。此選本之最古者矣。至於專集．最先者當推温庭筠之金荃集．次則爲馮延巳之陽春集．和凝之紅葉集．李珣之瓊瑤集等。下逮兩宋，則詞人莫不有專集矣。

大中以後，詩學寖衰，而貞觀之十部樂，上承清商曲之遺音，旁及西涼龜茲之樂與吳歌楚調。蓋自永嘉以後，下及梁陳，咸都建業，吳聲歌曲，爲世所尚。開皇仁壽間，南北樂府同入於隋。大業中定中原清樂及西涼樂等爲九部樂，入唐則定爲十部樂。讌樂分爲坐部伎與立部伎。其歌曲有所謂「破陣樂」「聖壽樂」等舞曲則分爲健舞與軟舞。其曲調有所謂「涼州」「甘州」「蘭陵王」「烏夜啼」「拓枝」等，皆後世詞調之名。可想見其歌拍舞容已屬倚聲矣。是則詞之所以繼樂府而興，其痕跡固歷歷可尋也。

南詞敘錄云。古之樂府，皆叶宮調。唐之律詩絕句，悉可絃詠，後復變爲長短句。如李白之〔憶秦娥〕〔清平樂〕白樂天之〔長相思〕等已開其端。五代轉繁考之尊前花間諸集可見。逮宋則又引而伸之至一腔數十百字。徽宗朝周柳諸子以此貫彼號曰側犯二犯三犯四犯展轉波蕩非復唐人之舊。又張炎詞源云。北宋徽宗崇寧間立大晟府命周美成諸人討論古音審定古調淪落以後少得存者。然由此八十四調之聲稍傳。（案所謂八十四調者乃以宮商角徵羽變宮變徵之七聲乘黃鍾大呂等十二律而得八十四。）當時美成諸人又復增演慢曲引近犯。或移宮換羽爲三犯四犯之曲而曲遂繁云。是則詞起於唐而盛於宋可無疑義。有清初葉以政府之力修欽定詞譜一書則洋洋大觀視宋之大晟府、內容已遠過之、計所收凡八百二十六調、二千三百又六體。又康熙二十六年、陽羨萬紅友撰詞律二十卷、年代略先於欽定詞譜。計所收凡六百六十調、一千一百八十體。咸同間、德淸徐誠庵、補萬氏之所未備、箸詞律拾遺八卷。所收凡一百六十五調、四百九十五體。同光間、杜筱舫箸詞律補遺一卷、於萬氏原書暨徐氏拾遺之外、復收得五十調。合計概爲八百三十調、一千六百七十五體。調之總數、與欽定詞譜略相同、而體則較少。此蓋由於詞譜之妄自割裂、且將調同名異者列爲數體故也。

唐書藝文志有敎坊記一卷、崔令欽箸。書中所列曲調之名、凡三百三十有五、其中如南歌子、浪淘沙、蘭陵王、入陣樂、等皆在焉。唐書藝文志列此書於樂類。而書中所列舉者則謂之曲調。然而南歌子，浪淘沙等，皆今日詞調之名。可證今之詞即古之曲，亦即古之樂矣。張玉田謂大晟府審定之古調，淪落以後，少得存者。又可見南宋時新譜之調雖多，然古調之湮沒者已不少矣。

王伯良曰。唐之絕句，唐之曲也，而其法宋人不傳。宋之詞，宋之曲也，而其法元人不傳。以至金元人之北曲也，而其法今復不能悉傳。是何以故哉。國家經一番變遷，則兵燹流離，性命之不保，遑習此太平娛樂事哉。今日之南曲，他日其法之傳否，又不知作何底止也云。慨乎其言之矣。

（三）調名

王伯良曲律云。詞調之名大抵多取古人詩句中語。如〔滿庭芳〕出自吳融滿庭芳草易黃昏。〔點絳唇〕出自江淹明珠點絳唇〔鷓鴣天〕出自鄭嵎家在鷓鴣天。〔西江月〕出自衞萬只今唯有西江月、曾照吳王宮裏人。〔浣溪沙〕則取杜陵詩意。〔靑玉案〕則取張衡四愁詩語。其他或以時序、或以人事、或以地理、或以寄託云。

又如〔蘭陵王〕一調、案隋唐嘉話、齊文襄長子長恭封蘭陵王。與周師戰、勇冠三軍。武士共歌謠之曰蘭陵王入陣曲。爲此調名所自始。又〔六醜〕一調、乃周邦彥所作。上問其命名之意。對曰此詞犯六調，皆聲之美者，然極難歌。高陽氏有子六人，才而醜，故以比之。又〔六州歌頭〕一調，程大昌演繁露曰，本鼓吹曲，聲調悲壯。所謂六州者，即伊，涼，甘，石，氏，渭是也。〔八聲甘州〕西域志載龜茲國製伊州，甘州，涼州等曲，傳入中國。八聲者，歌時之節奏也。唐書禮樂志曰，甘州曲乃唐教坊曲名。天寶間樂曲，多以邊地爲名，甘州其一也。

都元敬南濠詩話曰，〔玉樓春〕取白樂天詩玉樓宴罷醉和春。〔丁香結〕取古詩丁香結恨深。〔霜葉飛〕取杜詩清霜洞庭葉，故欲別時飛。〔清都宴〕取沈隱侯朝上閶闔宮，夜宴清都闕。〔風流子〕出劉良文選註。〔荔枝香〕出唐書，貴妃生日，命小部奏新曲，適進荔枝者至。因以名所奏。〔解語花〕出天寶遺事。〔解連環〕出莊子連環可解也。〔華胥引〕出列子黃帝晝寢夢遊華胥之國。升庵詞品曰。〔菩薩蠻〕西域婦髻也。蓋以其金冠纓絡蠻婦而似菩薩也。〔蘇幕遮〕西域婦帽也。蓋以周緣覆肩帽簷而似幕也。陳元龍片玉詞集註曰。〔瑞龍吟〕揮犀云。盧藏用夜聞龍吟。聽其聲清越。乃眞瑞龍吟也。〔瑣窗寒〕文選鮑昭詩。玉鉤隔瑣窗。〔風流子〕劉良注文選曰。風言其風美之聲。流於天下。子者男子之通稱也。梁范靜妻詩曰。託意風流子。離情背自私。〔渡江雲〕杜甫詩。風入渡江雲。〔應天長〕老子天長地久。樂天詩。天長地久無終畢。〔荔枝香〕唐禮樂志。帝幸驪山。楊貴妃生日。命小部張樂長生殿。因奏新曲．未有名．會南方進荔枝．因名曰荔枝香。楊貴妃外傳亦云。〔還京樂〕唐禮樂志．明皇自潞州入平內難．半夜斬長樂門關領兵入宮翦逆．後撰半夜樂．此曲名還京樂。〔掃花游〕舒亶詩．呼童且掃花邊地．便作羣仙醉倒傍。〔解連環〕莊子曰．南方無窮而有窮．今日適越而昔來．連環可解也。〔丹鳳吟〕丹穴出鳳．故名丹鳳。〔西平樂〕後漢注．平樂．觀名．在城之西。〔浪淘沙〕劉禹錫有浪淘沙辭。濯錦江邊兩岸花．春風吹浪正淘沙．女郎剪下鴛鴦錦．將向中流定晚霞。〔憶舊游〕李白有憶舊游贈馬少府．此地別夫子．今來思舊游。〔驀山溪〕李賀馬詩．何日驀青山。〔少年游〕鮑昭行樂詩．春風太多情．村村花柳好。少年宜游春．莫使顏色槁。〔漁家傲〕楚大夫往見莊子持竿不顧是漁家傲也。〔南鄉子〕晉國高士全隱於南鄉因以爲氏。〔望江南〕樂府雜錄望江南始自李德裕鎭浙西日爲亡妓謝秋娘所撰。本名謝秋娘後以爲望江南。〔浣溪沙〕杜甫詩移船先生廟洗藥浣紗溪。〔點絳唇〕鮑昭蕪城賦東都妙姬南安佳人。蕙心紈質玉貌絳唇。〔滿庭芳〕柳子厚贈江華長老詩滿庭芳草積。〔法曲獻仙音〕唐志玄宗知音律又酷愛法曲。又云夢仙子十輩御卿雲而下列於庭各執樂器獻仙音。〔齊天樂〕蓋取與天齊壽之義。〔蕙蘭芳引〕劉禹錫詩窮巷秋風起先摧蕙蘭芳。〔塞垣春〕後漢鮮卑傳云漢起塞垣所以別內外異殊俗也。塞垣謂邊塞之長城。〔丁香結〕古詩芳草牽愁遠丁香結恨深。〔解蹀躞〕古詩，白馬黃金鞍，蹀躞柳城前。蹀躞，緩行貌。〔夜游宮〕或曰，唐明皇與虢國夫人正月十五夜游宮中觀燈。〔解語花〕開元天寶遺事。帝與妃共賞太液池千葉蓮，指妃謂左右曰，何如此解語花。〔大酺〕西漢文帝令天下大酺。〔玉燭新〕爾雅云，四時調和，謂之玉燭。〔水龍吟〕李賀詩，雌龍怨吟寒水光。〔六醜〕晉志云，漢儀，后親蠶桑，著十二笄步搖，衣青，乘神蓋雲母安車，駕六醜馬，注曰醜類。〔蘭陵王〕紺珠集。北齊蘭陵王長恭，白晳而美風姿。乃著假面對敵，數立功。齊人作舞效之，曰代面舞。〔西河〕唐大曆初，嘗有樂工自撰歌，即古曲長命西河女也。加減節奏，頗有新聲。〔三部樂〕南史，羊侃嘗宴賓客三百餘人，奏三部樂，至夕，侍婢俱執金花燭。〔菩薩蠻〕唐大中初，女蠻國貢獻，其人皆危髻金冠，瓔絡被體，故謂之菩薩蠻。〔綺寮怨〕文選魏都賦云：皦日籠光於綺寮。說文曰：綺，文繒也。寮，小窗也。言綺窗之人有所思而怨感耳。〔蝶戀花〕梁簡文帝紹古歌云：翻階蛺蝶戀花情。〔月中行〕靑瑣早行詩云：主人燈下別，羸馬月中行。又劉賓客晚泊詩：無人能詠史，獨自月中行。〔定風波〕周武王渡孟津，波湧逆流而上，瞑目而麾曰：余任天下，誰敢害吾意者。於是風霽波罷，義當出此。

杜筱舫詞律校勘記云：〔囉貢曲〕唐范攄雲溪友議云：金陵有囉貢樓，乃陳後主所建。囉貢曲，劉采春所唱。〔醉妝詞〕孫光憲北夢瑣言云：蜀王衍嘗裹小巾，其尖如錐，宮人皆衣道服，簪蓮花冠，施胭脂夾臉。號醉妝。因作醉妝詞。〔桂殿秋〕唐李德裕送神迎神曲。有桂殿夜涼吹玉笙句。取爲詞名。〔拋毬樂〕唐音癸籤云。酒筵中拋毬爲令。其所唱之詞也。〔鹽角兒〕碧雞漫志云。始教坊家人市鹽。於紙角中得一曲譜。翻之。遂以爲名。〔憶故人〕能改齋漫錄云。此詞乃晉卿駙馬自度曲。因憶故人作也。〔怨三三〕秦氏玉笙云。古詞有狂喚醉裏三三句。因以爲名。〔擷芳詞〕汴京禁中有擷芳園。此調出自政和間禁中。〔鞓紅〕牡丹名。放翁桃源憶故人詞。一朶鞓紅凝露。東坡西江月詞。蓬萊殿後鞓紅。〔十拍子〕徐誠庵云。此調本唐教坊樂。一唱十拍。因以爲名。〔三妹媚〕以古樂府三婦豔得名。〔霓裳中第一序〕歷代詩餘云。本唐之道調法曲。凡十二編。中分之以按拍作舞。故曰中序第一。［沁園春］取漢沁水公主園以名調。

以上諸說。根據間有異同。並錄之以作參考。此外用本詞中之一句以作調名者亦不少。舉所知以列於後。

［花非花］始於白居易之花非花霧非霧。［章臺柳］始於韓翃之章臺柳。昔日依依今在否。［憶王孫］始於秦觀之萋萋芳草憶王孫。［一葉落］後唐莊宗。一葉落搴珠箔。［如夢令］後唐莊宗如夢如夢。殘月落花煙重。［蝴蝶兒］張泌。蝴蝶兒晚春時。［戀情深］毛文錫。寶帳欲開慵起。戀情深。［好時光］唐玄宗。彼此當年少。莫負好時光。［憶秦娥］李白。簫聲咽秦娥夢斷秦樓月。［珠簾卷］歐陽

修，珠簾卷，暮雲愁。〔雙鸂鶒〕朱敦儒拂破秋江煙碧，一對雙飛鸂鶒。〔陽臺夢〕後唐莊宗楚天雲雨卻相和，又入陽臺夢。〔被花惱〕楊守齋自度曲，又還是年時被花惱。〔西溪子〕毛文錫昨日西溪遊。〔紗窗恨〕毛文錫月照紗窗，恨依依。〔訴衷情〕毛文錫何時解佩倚雲屛，訴衷情。〔巫山一段雲〕毛文錫雨霽巫山上，雲輕映碧天。〔玉樓春〕顧夐月照玉樓春，漏促。

不過略舉以爲例，似此當復不少。更有以題爲調名者即所謂本意是也。略舉如下。

〔望梅花〕始於和凝之詠梅。〔別怨〕乃惜別詞，始自趙長卿之驕馬頻嘶。〔女冠子〕詠女道士。〔河瀆神〕送神迎神曲。〔虞美人〕詠虞姬。〔昭君怨〕詠明妃。

諸如此類．不勝枚舉。此外最可考者莫如宋人之自度曲。如姜白石之〔一萼紅〕乃詠長沙官梅而作。〔琵琶仙〕乃吳興載酒而作。〔揚州慢〕乃夜過維揚之作。〔長亭怨慢〕乃因桓大司馬昔年種柳．依依漢南．數語而作。〔淡黃柳〕乃詠合肥城南官柳而作。〔石湖仙〕乃壽范石湖之作。〔暗香〕與〔疏影〕乃載雪詣石湖詠梅之作。〔惜紅衣〕乃詠吳興荷花之作。等是也。

復有即宮調以命名者．如〔四犯令〕〔角招〕〔徵招〕〔側犯〕〔尾犯〕〔六么令〕〔玲瓏四犯〕〔花犯〕〔倒犯〕〔八六子〕〔法曲第二〕〔霓裳中第一序〕等是也。

由此觀之，可見命名之始，各有所本。迨格調既立，則變而爲符號，名之原義，非所計矣。若詩之四五七言，只是單調，可無須此。蓋事物之日趨於複雜者，則符號之需要自然發生。凡百學問，罔不如是，不僅詞曲爲然矣。即文字之所以成立，亦由斯道耳。

詞有同調而異名者，如〔金縷曲〕之即賀新郎之類，不勝枚舉。甚至一調而有十二名者，如〔念奴嬌〕又名百字令、百字謠、大江東去、酹江月、大江西上曲、壺中天、淮甸春、無俗念、大江乘、賽天香、湘月是也。大抵多因此調有一首名作，遂摘采其中之一語以立新名，如大江東去、酹江月，皆東坡赤壁詞句也。又有竊取其意者，如白石之〔暗香〕〔疏影〕，原是詠梅之自度曲，張玉田用之以詠荷花。遂易其名曰〔紅情〕〔綠意〕。文士之矜奇立異。最爲可厭。符號之可貴。原是化繁爲簡。取其便耳。似此等文人結習。則又化簡爲繁。符號之作用。根本推翻矣。

詞有異調而同名者。如〔長相思〕之有長短兩調是也。短調三十六字。長調則一百零三字。此類亦復不少。幸而格律既立。按句之長短。字之平仄。尚可追索本名。然而枉費精神。已是不少。起源則未之知也。

曲調亦源出於詞。後乃漫衍而成獨立。南詞叙錄曰。元曲用宋詞調者。有尾犯序。滿庭芳。滿江紅。鷓鴣天。謁金門。風入松。卜算子。一剪梅。賀新郎。高陽臺。憶秦娥。餘皆與古人異矣云。但王靜安宋元

戲曲史則曰。元曲三百三十五調。出自唐宋詞者七十五調。如

醉花陰　喜遷鶯　賀聖朝　晝夜樂
人月圓　拋球樂　侍香金童　女冠子（以上黃鐘宮）
滾繡毬　菩薩蠻（以上正宮）　歸塞北（即望江南）　鴈過南樓（即清商怨）
念奴嬌　青杏兒（即青杏子）　還京樂（以上大石）　點絳脣
天下樂　鵲踏枝　金蕉兒（即金蕉子）　憶王孫
瑞鶴仙　後庭花　太常引（以上仙呂）　粉蝶兒
醉春風　醉高歌　上小樓　滿庭芳
剔銀燈　柳青娘　朝天子（以上中呂）　烏夜啼
感皇恩　賀新郎（以上南呂）　駐馬聽　夜行船

月上海棠　風入松　萬花放三臺　滴滴金

太清歌　搗練子　快活年（即快活年近拍）　豆葉黃

川撥棹（即撥棹子）　也不羅（即野落索亦即一落索）　行香子　碧玉簫

驟雨打荷花　減字木蘭花　青玉案　魚游春水（以上雙調）

金蕉葉　小桃紅　三臺印　耍三臺

梅花引　看花回　南鄉子　唐多令（以上越調）

集賢賓　逍遙樂　望遠行　玉抱肚

秦樓月（以上商調）　黃鶯兒　踏莎行　垂釣絲

應天長（以上商角調）　哨遍　瑤臺月（以上般涉調）

以上共七十一調。案宗元戲曲史，其文曰七十五。細數之，實得七十四。又百字令即念奴嬌．彼旣錄念奴嬌．又錄百字令。柳外樓即憶王孫．彼旣錄柳外樓又錄憶王孫。金盞兒即金盞子．彼旣錄金盞子．又錄金盞兒故實得七十一調。

案此與南詞叙錄大異。南詞叙錄所列舉者僅十一調．而此十一調中有八調爲宋元戲曲史所無。姑兩存之以待考。

王伯良曲律曰。曲之調名．今俗曰牌名。始於漢之朱鷺．石流．陳之折楊柳．梅花落．雞鳴高樹巔．玉樹後庭花．等篇。於是在詞而爲金荃．蘭畹．花間．草堂．諸調。在曲而爲金元劇戲諸調。然詞之與曲實分兩途。間有采入南北二曲者。北則於金之小令．如醉落魄．點絳唇．類。長調如滿江紅．沁園春類。皆仍其調而易其聲．於元之小令．

如青玉案、搗練子類。長調如瑞鶴仙、賀新郎、滿庭芳、念奴嬌類。或稍易字句。或只用其名而盡變其調。南則小令如卜算子、生査子、憶秦娥、臨江仙類。長調如鵲橋仙、喜遷鶯、稱人心、意難忘類。只用作引曲。過曲如八聲甘州、桂枝香類。亦只用其名而盡變其調。至南之於北。則如金之玉抱肚、豆葉黃、剔銀燈、繡帶兒類。如元之普天樂、石榴花、醉太平、節節高類。名雖同而調與聲則南北逈異。其名則出自宋之詩餘。及金乃變宋而爲曲。元又變金而爲北曲與南曲。皆各立一種名色。視古樂府不知更幾滄桑矣。

讀此則徐文長南詞叙錄、王靜安宋元戲曲史所列舉之異同。得而論次之矣。宋元戲曲史所列舉之七十一調。其中之一大部分

即王伯良所謂仍其調而易其聲者是已。如宋詞之

烏夜啼（辛稼軒）

江頭三月清明。柳風輕。巴峽誰知還是。洛陽城。春寂寂。嬌滴滴。笑盈盈。一段烏絲闌上。記多情。

元曲中之烏夜啼則迥異。錄漢宮秋雜劇一折如下。

烏夜啼（馬東籬）

今日嫁單于宰相休生受。早則俺漢明妃有國難投。他那裏黃雲不出青山岫。投至兩處凝眸。盼得一雁橫秋。單注着寡人今歲攬閑愁。王嬙這運添消瘦。翠羽冠。香羅綬。都做了錦蒙頭煖帽。珠絡縫貂裘。

此曲即將襯字除出．亦無一句與宋詞同。此所謂用其名而盡變

其調者是矣。至如

風入松　（俞國寶）

一春長費買花錢。日日醉湖邊。玉驄慣識西湖路．驕嘶過沽酒

壚前紅杏香中簫鼓．綠楊影裏鞦韆。

此南宋俞國寶詞之上半闋也。試錄馬東籬秋思一折如下。

風入松　（馬東籬）

眼前紅日又西斜。疾似下坡車。晚來清鏡添白髮．上牀與鞋履

相睽。莫笑鳩巢計拙．葫蘆提就裝呆。

此一首元曲之與宋詞除平仄稍異外．詞句無一不相同。即南詞

敘錄所謂元曲而用宋詞調者是矣。可證宋元戲曲史之所列舉、多半乃王伯良曲律所謂名存而調變者。至於舍尾犯序、滿江紅、鷓鴣天、謁金門、卜算子、一翦梅、高陽臺、憶秦娥、八調而不錄、則顯然是宋元戲曲史之罣漏矣

徐文長南詞敘錄曰、詞調兩半篇乃合一闋、今南曲健便多用前半篇、故曰一隻、猶物之雙者止其一半、不全舉也、案北曲亦然、且有只用下半闋而舍其上者。前錄之〔風入松〕則只是上半闋、前詞之下半曰、

暖風十里麗人天。花壓鬢雲偏。畫船載取春歸去、餘情付、湖水湖煙。明日重扶殘醉、來尋陌上花鈿。

(四)小令與長調

詞有小令、中調、長調之分。舊說五十八字以下爲小令，九十字以下爲中調，過此則爲長調，如此區分，未免太過拘執。如詞律所收〔七娘子〕有五十八字者，有六十字者。將名之曰小令乎，抑中調乎。又如〔雪獅兒〕有八十九字者，有九十二字者，將名之曰中調乎，抑長調乎，余以爲但統分小令與慢調二種，可矣，正不必膠柱鼓瑟也。

五代之詞皆小令，故小令實爲詞之正格。字少而句簡，用以寫一時之感觸，或一物之狀態，最爲自然。是以五代北宋之詞，品格高尙，態度雍容，無矯扭造作之痕，亦無劍拔弩張之氣。意既盡而語亦完。無事堆砌。此其所以輕淸飄舉。絕無煙火氣也。南宋諸賢之不逮。原因雖甚複雜。但重長調而薄小令。亦重要之一因矣。徐文長曰。晚唐五代。塡詞最高。宋人不及。何也。詞須淺近。晚唐詩文最淺鄙。於詞調。故臻上品。宋人開口便學杜詩。格高氣粗。出語便自生硬。終是不合格。其間若淮海。耆卿。叔原輩。一二語入唐者有之。通篇則無有云。王靜安曰。詩之三百篇。十九首。詞之五代北宋。皆無題也。非無題也。詩詞中之意。不能以題盡之也。自花庵草堂每調立題。并古人無題之詞亦爲作題。如觀一幅佳山水。而即曰此某山某水可乎。又曰。詩有題而詩亡。詞有題而詞亡云云。彼之重小令而尊五代。吾甚贊同。至謂詩有題而詩亡。詞有題而詞亡。未免太極端矣。且古詩之無題．是無是失．誰敢定之．吾見歷代詩餘．選錄共九千餘首．證以本集．詞題多被删去．或化繁爲簡．其他選本亦多如是．可見展轉鈔錄．題目實有化有爲無之可能。

調之最長者莫過於「鶯啼序」共四疊．二百四十字。似此只可謂之文．不得謂之詞矣。五代北宋．無此怪狀。詞之可愛．在其能以極自然而輕巧玲瓏之筆墨．表示情感．或描寫景物耳．長篇大論．何取乎詞。至於人間詞話．幷中調而痛詆之．則或未免矯枉過直。

調之最短者則爲「蒼梧謠」．僅十六字．故又名「十六字令」。雖有所謂「竹枝」之十四字調．然實只爲兩句七言詩．不成詞體．未得謂之詞。

竹枝（皇甫松）

芙蓉並蒂竹枝一心蓮。女兒花侵槅子竹枝眼應穿。女兒

此乃巴蜀之里歌．一人歌之而竹枝與女兒．則又是一人應聲也。

至若〔蒼梧謠〕則成詞體矣。

蒼梧謠（蔡　伸）

天。休使蟾圓照客眠。人何在．桂影自嬋娟。

萬紅友謂詞上承於詩．下沿爲曲。如〔菩薩蠻〕〔憶秦娥〕〔望江南〕〔長相思〕等．本是唐人之詩。故此數闋．實爲詞之鼻祖云。見詞律發凡

彭駿孫詞統源流曰．唐人長短句．皆小令耳。後演而漸繁。同一名

而有小令及中調長調之分。係之以犯、近、慢等名以爲別。如南北劇之曰犯、曰賺、曰破之類。

（五）斷句

詞之斷句，分韻，協句讀，協讀，亦作叶，逗，從其簡也。首韻曰韻，如〔金縷曲〕於第一句起韻。〔水調歌頭〕乃第二句起韻。〔滿庭芳〕則第三句起韻等是也。其下與韻相叶者謂之叶。可斷而非韻處曰句。似斷而非斷處曰逗。試分別論之。

一曰〔韻〕詞林正韻云，詞韻與詩韻有別，然其源即出於詩韻，乃取詩韻而分合之耳。詩韻自南齊永明時，謝朓，王融，劉繪，范雲等。分平上去入為四聲。汝南周彥倫作四聲切韻，梁沈約繼之，作四聲譜。是即四聲之始。切韻之後，唐天寶中有所謂唐韻。宋祥符以後，又有所謂廣韻，韻略，集韻。名雖屢易而書之體例未易。至元初更有所謂古今韻會、韻府羣玉、是即今之通行韻本。考之於古、鮮有合焉者矣。即以詞論、灰、咍本爲二韻、灰可以入支、微、咍可以入皆、來。元、魂、痕本爲三韻、元可以入寒、删。魂、痕可以入眞、文。即佳、泰、卦三韻、於詞有半通之例。其字皆以切音分類、各有經界。又曰、詞韻與曲韻不同。製曲用韻可以平上去通叶。且無入聲。凡入聲之清音轉上、正濁轉平、次濁轉去。隨音轉叶、以諧三聲。蓋中原音韻諸書、支思與齊微分二部。寒山桓歡先天分三部。家麻車遮、分二部。鹽咸廉纖分二部。於曲則然、於詞則不然。況四聲缺入、而詞則明明有必須用入韻之調、斷不能缺。故曲韻不可爲詞韻也云云。案此乃指北曲而言、若南曲則有入聲矣。要而論之、韻乃詩歌之大法，如網之有綱，最重要之部分也。

詞之起韻，大多數在第一句。在二三四句者亦所常有。最特異者莫如仄韻之〔鳳歸雲〕。前起於二十七字方用韻。後起於三十字方叶韻。錄柳耆卿一首如下。

鳳歸雲

戀帝里，金谷園林，平康巷陌，觸處繁華，連日疏狂，未嘗輕負、寸心雙眼。況佳人盡、天外行雲，掌上飛燕。向玳筵、一一皆妙選。長是因酒沈迷，被花縈絆。　更可惜、淑景亭臺，暑天枕簟，風月夜涼，雪霰朝飛，一歲風光，盡堪隨分、俊遊清宴。算浮生事、瞬息光陰，錙銖名宦。正歡笑、試恁暫分散。卽是恨雨愁雲，地遙天遠。

二曰〔協〕叶有三種。依原韻順押。謂之正叶。轉韻而不出四聲範圍者。謂之通叶。出原韻範圍以外者。謂之互叶。

互叶如

薩菩蠻　（李白）

平林漠漠煙如織。寒山一帶傷心碧。暝色入高樓。有人樓上愁。

玉階空佇立。宿鳥歸飛急。何處是歸程。長亭更短亭。

清平樂　（李後主）

別來春半。觸目愁腸斷。砌下落梅如雪亂。拂了一身還滿。　雁來音信無憑。路遙歸夢難成。離恨卻如春草。更行更遠還生。

釵頭鳳　（曾覿）

華燈鬧。銀蟾照。萬家羅幕香風遶。金樽側。花顏色。醉裏人人．向人情極。惜惜惜。 春寒悄。腰肢小。鬢雲斜嚲蛾兒裊。清宵寂．香閨隔。好夢難尋。雨蹤雲蹟。憶憶憶。

更漏子 （毛熙震）

秋色清．河影澹。深戶燭寒光暗。綃幌碧．錦衾紅。博山香炷融。更漏咽。蛩鳴切。滿院霜華如雪。新月上。薄雲收。映簾懸玉鈎。

減字木蘭花 （秦觀）

天涯舊恨。獨自淒涼人不問。欲見回腸。斷盡金爐小篆香。 黛眉長歛。任是春風吹不展。困倚危樓。過盡飛鴻字字愁。

虞美人 （葉少蘊）

落花已作風前舞。又送黃昏雨。曉來庭院半殘紅。唯有遊絲千丈裊晴空。殷勤花下重攜手。更盡杯中酒。美人不用斂歌眉。我亦多情無奈酒闌時。

通叶如

西江月（東坡）

三過平山堂下、半生彈指聲中。十年不見老仙翁。壁上龍蛇飛動×欲弔文章太守、仍歌楊柳春風。休言萬事轉頭空。未轉頭時是夢‹

換巢鸞鳳（梅溪）

人若梅嬌。正愁橫斷塢、夢繞溪橋。倚風融漢粉、坐月怨秦簫、相思因甚到纖腰。定知我今·無魂可銷。佳期晚·謾幾度·淚痕相照×人悄×天渺渺×花外語香·時透郎懷×抱暗握黃苗·乍嘗櫻顆·猶恨侵階芳草×天念王昌忒多情·換巢鸞鳳教偕老×溫柔鄉·醉芙蓉·一帳春曉×

渡江雲（玉田）

山空天入海·倚樓望極·風急暮潮初。一簾鳩外雨·幾處閒田·隔水動春鋤。新煙禁柳·想如今·綠到西湖。猶記得·當年深隱·門掩兩三株。　愁余。荒洲古漵·斷梗疏萍·更漂流何處×空自覺·圍羞帶減。影怯燈孤。長疑即見桃花面·甚近來·翻致無書。書縱遠·如何夢也都無。

絳都春（西麓）

秋千倦倚。正海棠半圻。不耐春寒。殢雨弄晴。飛梭庭院。繡簾閒。梅妝欲試芳情懶。翠顰愁入眉彎。霧蟬香冷。霞綃淚搵。恨襲湘蘭。悄悄池臺步晚。任紅熏杏靨。碧沁苔痕。燕子未來。東風無語。又黃昏。琴心不度春雲遠。斷腸難託啼鵑。夜深猶倚。垂楊二十四闌。

大聖樂（竹山）

笙月涼邊。翠翹雙舞。壽仙曲破。更聽得。豔拍流星。謾唱壽詞初子。羣唱蓮歌主翁樓中披鶴氅。展一笑。微微紅透渦襟懷好。縱炎官駐繖。長是春和 千年鼻祖事業。記曾趁。雷聲飛快梭但

也曾三徑．撫松採菊．隨分吟哦×富貴浮雲．榮華風過．淡處還他滋味多×休辭飲．有碧荷貯酒．深似金荷×

少年心 （山谷）

對景惹起愁悶。染相思·病成方寸。是阿誰先有意．阿誰薄倖。斗頓恁·少喜多嗔× 合下休傳音問。你有我·我無你分。似合歡桃核．眞堪人恨。心兒裏·有兩個人人×

江城梅花引 （洪皓）

天涯除館憶江梅。幾枝開。使南來。還帶餘杭春信到燕臺。準擬寒英聊寄遠．隔山水．應銷落．赴愬誰。 空恁遐想笑摘蕊×斷回腸．思故里×謾彈綠綺×引三弄·不覺魂飛。更聽胡笳哀怨淚沾衣。

亂插繁華須異日、待孤諷、怕東風、一夜吹。

醜奴兒慢 （潘元質）

愁春未醒、還是清和天氣。對濃綠陰中庭院燕語鶯啼數點新荷、翠鈿輕泛水平池×一簾風絮、才晴又雨、梅子黃時× 忍記那回、玉人嬌困、初試單衣×共攜手、紅窗描繡、畫扇題詩×怎有而今、半牀明月兩天涯×章臺何處、多應爲我、蹙損雙眉×

曲玉管 （柳耆卿）

隴首雲飛、江邊日晚、煙波滿目憑闌久。一望關河蕭索、千里清秋×忍凝眸× 杳杳神京、盈盈仙子、別來錦字終難偶。斷雁無憑、冉冉飛下汀洲×思悠悠× 暗想當初、有多少、幽歡佳會、豈知聚

散難期。翻成雨恨雲愁×阻追游×每登山臨水·惹起平生心事·一場消黯。永日無言。卻下層樓×

此其大略也。詞中似此者不勝枚舉。由此可見所謂互叶者。乃轉一韻脚而互相爲叶。與初韻不相侔。通叶則平韻與仄韻相通。但不出原韻四聲之範圍。如〔西江月〕之以動叶中。〔換巢鸞鳳〕之以照叶橋是也。此則開曲韻之先聲矣。

三曰〔句〕句無甚竅妙。即可斷而非韻處是已。然雖可斷。但必須至韻。意義乃得停頓。與文之句微有不同。

四曰〔逗〕逗與按拍有極重大之關係。最宜注意。不容輕略。實詞之關鍵矣。

七言句有三四者。如

【唐多令】二十年重過南樓。……舊江山渾是新愁。（劉龍洲）

算淒涼未到梧桐。……數歸期猶是初冬。（陳西麓）

帶斜陽一片征鴻。……斷腸人無奈秋濃。（陳西麓）

【桂枝香】念往昔豪華競逐。（王介甫）

念壯節漂零未穩。（朱希眞）

料此去清遊未歇。（張叔夏）

更別有雕闌翠屋。（周公謹）

有四三者。如

【鷓鴣天】醉拍春衫惜舊香。（晏小山）

枝上流鶯和淚聞。(秦淮海)

【玉樓春】日照玉樓花似錦。(歐陽炯)

有無一理誰差別。(辛稼軒)

【蝶戀花】誰道閒情拋棄久。(歐陽永叔)

醉別西樓醒不記。(晏小山)

七言句有二五者．如［踏莎行］之第四句是也。萬紅友徐誠庵輩皆未注意及此。以余所見．凡屬名作．十之八九皆然。試列舉如左。

當時輕別意中人．(晏殊)

春風不解禁楊花．(晏殊)

離愁漸遠漸無窮．(宋祁)

可堪孤館閉春寒。（秦觀）

夜長爭得薄情知。（姜夔）

榴心空疊舞裙紅。（吳文英）

是誰秋到便淒涼。（辛棄疾）

過牆一陣海棠風。（辛棄疾）

幾番幽夢欲回時。（王沂孫）

十年二十四橋春。（周密）

由此觀之。則此句之必須二五。殆成定律矣。

五言句有二三者。如

【水調歌頭】明月幾時有。把酒問青天。（蘇東坡）

秋雨一何碧，山色倚晴空。（方巨山）

【錦堂春】燭殘漏滴頻欹枕，起坐不能平。……醉鄉路穩宜頻到，此外不堪行。（李後主）

年年春事關心事，腸斷欲棲鴉。……重門不鎖相思夢，隨意繞天涯。（趙令畤）

有三二者。如

【一落索】蜀江春色濃如霧。擁雙旌歸去。（陳鳳儀）

誰道秋來煙景素。任遊人不顧。（黃山谷）

【疏影】浸清漪，倒映千樹殘雪。（周密）

怕飛去，漫綰，留仙裙褶。（周密）

恐他年×流落、與子同賦。（彭元遜）

有一四者。如

【木蘭花慢】正×征塵滿野、問誰與、作堅城。（黃機）

傍×池闌倚遍、問山影、是誰偸。（蔣捷）

恰×芳菲夢醒、漾殘月、轉湘簾。（周密）

【燕歸梁】樓外春風桃李陰。記×一笑千金。（石孝友）

獨臥秋窗桂木香。怕×雨點飄涼。（史達祖）

楚夢吹成樹外雲。乍×雁影斜分。（史達祖）

【惜紅衣】高樹晚蟬、說西風消息。（姜夔）

不解送情、倚×銀屏斜瞥。（張炎）

煙樹曉鶯。訴經年愁獨。（李萊老）

【漢宮春】花姥來時。帶天香國艷。羞掩名姝。……洛苑舊移仙譜。向吳娃深館。曾奉君娛。（吳文英）

聞說瓢泉。占煙霏空翠。中著精廬。……選勝臥龍東畔。望蓬萊對起。巖壑屏如。（丘宗卿）

四字句有中二字必須相聯者。如

【水龍吟】細看來不是。楊花點點。是離人淚。（蘇東坡）

望章臺路杳。金鞍遊蕩。有盈盈淚。（章質夫）

倩何人喚取。紅巾翠袖。搵英雄淚。（辛稼軒）

且臨風高唱。逍遙舊曲。爲先生醉。（張野夫）

「八聲甘州」爭知我，倚闌干處，正恁凝愁。（柳耆卿）

連呼酒，上琴臺去，秋與雲平。（吳君特）

潮回處，引西風恨，又渡江來。（趙希邁）

空懷感，有斜陽處，卻怕登樓。（張叔夏）

此不過畧舉以爲例，凡名作無不如是。雖有例外，亦不過十之一二。如稼軒之「木蘭花慢」起句曰老來情味減，又一首曰「漢中開漢業」則非一領四。玉田之「八聲甘州」煞韻曰「爭似得桃根桃葉，明月妝樓」桃根桃葉中二字則不相聯。又一首曰「空山遠，白雲休贈，只贈梅花」雲休二字亦不相聯。白石之「水龍吟」煞韻曰「甚謝郎也恨，飄零解道，月明千里」明千二字亦不相聯。然此不過偶爾。終以嚴謹爲佳。想按拍時。此二字當是直落。「夜合花」之上下兩半闋。結韻各三句。其第一句晁旡咎一首作「記清平調」及「縱歸來晚」。萬紅友以爲中二字例須相聯。然細按之。則殊不爾。周草窗一首則作「梨花雲煖」「枕屏金絡」中二字兩不相聯。但此猶得謂偶然例外。更有同在一首中而上下闋各不相若者。如史梅溪之「共淒涼處」「夢回人世」。高竹屋之「隔花陰淺」「一庭芳草」。吳夢窗之「共追遊處」「故人樓上」。若例須相聯。豈有同在一首中而上下闋自生參差之理。萬氏之說。恐未必然。梅溪一首。已鈔錄於下編描寫物態節內。可參照。

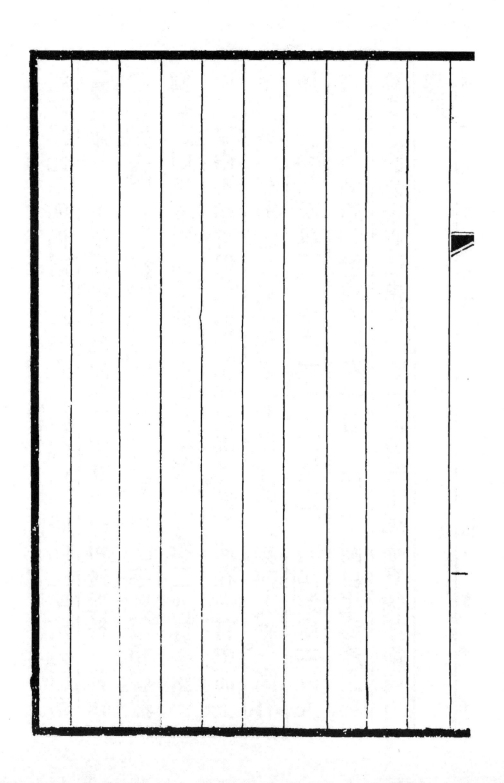

（六）平仄

王伯良曲律曰。今之平仄．韻書所謂四聲也．而實本始於反切。古無定韻．詩樂皆以叶成．觀三百篇可知。自西域梵教入而始有反切。自沈約類譜作而始有平仄。又曰．四聲者平上去入也。平分陰陽．而仄分上去入。乖其法則曰拗嗓。蓋平聲含蓄．上聲促而未舒．去聲往而不返．入聲逼側而難轉。又曰．入可以調劑平上去三聲．如藥中之甘草。每遇平上去三聲字面不妥．無可奈何之時．得一入聲．便可通融過去云。其言甚眞切而有味。

曲律又云．北曲以清越爲陰平．沈重爲陽平。每於提起處用陽．抑下處用陰。南曲則反是。以淸越爲揚．沈重爲抑．此南北腔之大別也。又曰陰宜搭上。陽宜搭去。如琵琶記長空萬里以下之幾處換頭。曰「孤影」曰「光瑩」曰「愁聽」。孤乃陰平。須搭上聲之影。愁是陽平。宜搭去聲之聽。獨光字唱來似(狂)則以搭去之故。若易光爲陽。或易瑩爲上則叶矣云。此數語可以發人深省。能使不知音者亦得一明瞭之印象。

詞律又云。四聲之中。雖曰一平對三仄。然上入可作平。去則不可。故詞句中之去聲字。最宜留意。結句尤爲喫緊。在詞曲謂之煞句。亦曰煞尾。如稼軒「永遇樂」之結韻「尚能飯否」。陸淞「瑞鶴仙」之結韻「怎生意穩」。必要用仄平去上。又「解連環」之結韻。如白石之「照伊自睡」。照與自必須用去聲。中句亦時有此。但煞韻尤要耳。

清嘉道間．吳縣戈順卿載．所著之詞林正韻．分平上去三聲為十四部．入聲為五部．共十九部。且嚴詩韻．詞韻．曲韻．之別。可謂有功詞學。

詞有必須用入聲韻之調。如〔滿江紅〕〔念奴嬌〕等．作者多用入聲韻。雖不盡然．然亦十之七八矣。入與平通．故姜白石有改塡平聲之〔滿江紅〕陳西麓有改塡平聲之〔念奴嬌〕。

滿江紅（白石）

仙姥來時．正一望千頃翠瀾。旌旗共．亂雲俱下．依約前山。命駕羣龍金作軛．相從諸娣玉為冠。向夜深．風定悄無人．聞珮環。

神奇處、君試看。奠淮右、阻江南。遣六丁雷電、別守東關。卻笑英雄無好手、一篙春水走曹瞞。又怎知、人在小紅樓、簾影間。

金奴嬌（西麓）

凝雲沍曉、正醲花縹積、荻絮初殘。華表翩躚何處鶴、愛吟人正孤山。凍解苔鋪、水融莎甃、誰凭玉句闌。葺衫氈帽、冷香吹上吟鞭。 將次柳際瓊消、梅邊粉瘦、添做十分寒。閑踏輕澌來薦菊、半潭新漲微瀾。水北峯巒、城陰樓觀、留向月中看。蠍雲深處、好風飛下晴湍。

西麓又將〔絳都春〕〔永遇樂〕由入改平、〔渡江雲〕由平改入、皆其創格。〔絳都春〕已見通叶條下、茲不錄。

永過樂

玉腕籠寒．翠闌凭曉．鶯調新簧。暗水穿苔．遊絲度柳．人靜芳晝長。雲南歸雁．樓西飛燕．去來慣認炎涼。王孫遠．青青草色．幾回望斷柔腸。薔薇舊約．樽前一笑．等閑孤負年光。門草庭空．拋梭架冷．簾外風絮香。傷春情緒．惜花時候．日斜尚未成妝。鬪嬉笑．誰家女伴．又還採桑。

渡江雲

風流三徑遠．此君淡泊．誰與伴清足。歲寒人自得．傍石鋤雲．閑裏種蒼玉．琅玕翠立．愛細雨疏煙初沐。春晝長清風不斷．洗紅塵凡俗。高獨。虛心共許．淡節相期．幾人閒棋局。堪愛處．月明

琴院。雪晴書屋。心盟更許春松結、笑四時、梅馨蘭菊。庭砌遶東

風漸添新綠。

此足爲平、入、互通之證。徐文長曰、曲有本平韻而亦可作入韻者。

高陽臺、黃鶯兒、畫眉序、蝦蟇序、之類是也。有本入韻而不可作平

者、四邊靜是也。其他平韻不可作入者甚多云。可見亦不能一概

論矣。

徐誠庵云、宋詞用韻只重五音、土音、每與古韻通叶。去、上聲之辨、

亦時有出入。且常以上、入、作平。獨於應用去、上、二聲相連處則定

律甚嚴。如周草窗之〔一枝春〕用去上聲者凡八處、曰乍數、喚起、

尙淺、自把、夜煖、試與、媚粉、醉語、此定格也。凡仄聲調後結四字一

句，而尾兩字皆仄者，必用去上。如入聲韻則用去入，上聲韻則用去上，名作皆然。更有王碧山〔花犯〕一首，用去上十二處，曰素靨，紺縷，歲晚，自倚，記我，浪裏，臥穩，挂晚，鳳冷，乍起，喚取，翠被，爲最多矣。蓋去聲勁而縱，上聲柔而和，交濟方有節奏。周美成、方千里等所塡之〔花犯〕，罔不如是。乃此調之定格，必宜恪守云。錄此二詞如左。

一枝春（草窗）

淡碧春姿，柳眠醒，似怯朝來疎雨。芳塵乍歛，喚起探花情緒。東風尙淺，甚先有，翠嬌紅嫵。應自把，羅綺圍春，占得畫屛春聚。留連繡叢深處。愛歌雲裊裊，低隨香縷。瓊窗夜煖，試與細評新譜。妝眉媚粉料，無奈，弄翠佯妒。還只怕，簾外籠鸚，笑人醉語。

花犯（碧山）

古嬋娟，蒼鬟素靨，盈盈瞰流水。斷魂千里。歎紺縷飄零，難繫離思。故山歲晚誰堪寄。琅玕聊自倚。謾寄我，綠蓑衝雪，孤舟寒浪裏。　三花兩蕊破蒙茸，依依似有恨，明珠輕委。雲臥穩，藍衣正，護春憔悴。羅浮夢，半蟾挂曉，么鳳冷，山中人乍起。又喚取，玉奴歸去，餘香空翠被。

周止庵云，紅友極辨上去，是已。但上入亦宜辨。入可代去，上不可代去。入之作平者無論矣。其作上者可代平，作去者斷不可代平。平去是兩端，上由平而之去，入由去而之平。上聲韻韻上應用仄字者去爲妙。去入韻則上爲妙。平聲韻韻上應用仄字者去爲妙。入次之。叠則聱牙。鄰則無力。雙聲叠韻字要著意布置。有宜雙不宜疊。宜疊不宜雙處。重字則既雙且疊。尤宜斟酌。李易安之淒淒慘慘戚戚。三疊韻。六雙聲。是鍛錬出來。非偶然拈得也。

徐誠庵云。萬紅友嚴去上聲之分。是矣。不知入聲亦間有定律。如〔憶舊遊〕之煞韻一句。第四字必用入聲云。試引而證之。

東風竟日吹露桃 （美成）

殘陽草色歸思賖 （夢窗）

重尋當日千樹桃 （方千里）

瀟湘近日風捲湖 （劉應幾）

黃昏細雨人閉門 （劉將孫）

千山未必無杜鵑 （玉田）

愁痕沁碧江上峯 （草窗）

涓涓露溼花氣生 （碧山）

陽關西出無故人 （玉田）

蕭蕭漢柏愁茂陵 （玉田）

遙知路隔楊柳門 （玉田）

清聲謾憶何處簫 （玉田）

由此觀之則此句之第四字必用入聲殆定格矣。又如

法曲獻仙音 （吳文英）

落葉霞翻。敗窗風咽。草色淒涼深院。瘦不關秋。淚緣生別。情銷鬢霜千點。恨翠冷。搔頭燕。那能語恩怨。紫簫遠。記桃枝向隨春渡。愁未洗。鉛水又將恨染。粉綃㶑離箱。忍重拈燈夜裁翦。望極藍橋。綵雲飛。羅扇歌斷。料鸚籠玉鎖。夢裏隔花時見。

葉。咽。不。別。四字必用入聲。名作皆然。此徐誠庵之說也。

（七）發音

張玉田詞源，述其先人所塡之「瑞鶴仙」中有句曰「粉蝶兒撲定花心不去」，按諸歌譜，唯「撲」字不叶。改作「守」字乃叶。又云一首中有句曰，「瑣窗深」，「深」字不叶，改爲「幽」字又不叶，再改爲「明」字乃叶。撲守皆入聲，深幽明皆平聲，胡乃若此。是知五音有脣，齒，喉，舌，鼻之別，所以分輕淸重濁也。

詞林正韻分發音爲六種

一曰穿鼻 東，冬，江，陽，庚，青，蒸，等韻是也。

二曰展輔 支，微，齊，灰，等韻是也。

三曰斂脣 魚，虞，蕭，肴，豪，尤，等韻是也。

四曰抵腭。眞。文。元。寒。删。先。等韻是也。

五曰直喉。歌。麻。等韻是也。

六曰閉口。侵。覃。鹽。咸。等韻是也。

（佳）則爲半展輔半抵腭之韻。

詞林正韻謂入聲之字。最難分別。就詞韻而論。莫若以屋沃叶東冬。覺藥叶江陽。質物叶眞文。勿月曷黠屑葉叶寒删。陌職叶庚靑。緝叶侵。合洽叶咸鹽。凡所云云。粤音最爲順利。幾於婦孺皆知。又閉口之音。中原所缺。唯粤則存。如侵。咸。覃。鹽。四韻。中原諸省。須强記乃識爲閉口音。唯粤語讀此諸韻。則天然閉口。且無論何字。皆能調出八聲。非僅四聲已也。此言語學者之所以稱粤音爲最備也。

徐誠庵謂宋人用韻、只重五音、可以古韻與土音同叶。斯言也、殆指發音之不同。南宋有林外者、題「洞仙歌」一闋於垂虹橋柱、不書名姓、人疑仙作、傳入禁中。孝宗笑曰、以「鎖」字叶「老」字、則鎖當作埽、乃閩音也。蓋原詞上半闋煞韻「天地裏唯有江山不老」。下半闋中一句曰「林屋洞門無鎖」。後訪之、林果閩人。

姜白石號爲宗工、然其「疏影」之「但暗憶江南江北」。北字與屋沃同押、殆宋人之常。亦發音之差異故也。

趙長卿「淡煙輕霧濛濛」之「水龍吟」以了、少、峭、叶晝、透、等韻。萬紅友謂趙係宋南豐人、鄉音最別云。茲將此三詞錄於後。

洞仙歌 （林　外）

飛梁壓水，虹影清光曉。橘里漁村半煙草。嘆今來古往，物換人非，天地裏，唯有江山不老。　雨中風帽，四海誰知我，一劍橫空幾番過，按玉龍嘶未斷，歸去也，林屋洞門無鎖，認雲屏煙障是吾廬，任滿地蒼苔年年不掃。

疏影 （姜　夔）

苔枝綴玉。有翠禽小小，枝上同宿。客裏相逢，籬角黃昏，無言自倚修竹。昭君不慣胡沙遠，但暗憶、江南江北，想珮環月夜歸來，化作此花幽獨。　猶記深宮舊事，那人正睡裏，飛近蛾綠。莫似東風，不管盈盈，早與安排金屋。還教一片隨波去，又卻怨、玉龍哀曲。等恁時重覓幽香．已入小窗橫幅。

水龍吟 （趙長卿）

淡煙輕霧濛濛．望中乍歇凝晴晝。纔驚一霎催花．還又隨風過了×清帶梨梢．暈含桃臉．添香多少×向海棠點點．香紅染遍．分明是．胭脂透。 無奈芳心滴碎．阻遊人踏青携手。檐頭綫斷．空中絲亂．纔晴卻又。簾幕閒垂處．輕風送·一番寒峭正留君不住．瀟瀟更下黃昏後。

此詞結韻少一字．且作兩句．上半闋第二韻．下半闋第三韻亦異．乃水龍吟之別體。

（八）換頭煞尾

周止庵曰。吞吐之妙、全在換頭煞尾。古人名換頭爲過片、或藕斷絲連、或異軍突起、皆須令讀者耳目震動、方成佳製。換頭須和婉、煞尾必峭勁云。余以爲若東坡之「念奴嬌」換頭「遙想公瑾當年」、夢窗之「八聲甘州」煞尾「連呼酒上琴臺去、秋與雲平。」可作模範。

戈順卿詞林正韻曰、詞之爲道、最忌落腔、落腔即落韻也。用韻之喫緊處、則在乎起煞。蓋一調有一調之起、有一調之煞。

張玉田曰、作慢詞看是甚題目、先擇曲名、然後命意。命意既了、思量頭如何起、尾如何煞、方始選韻、而後述曲。最是過片不要斷了曲意。要須承上接下。如白石之「齊天樂」「曲曲屏山．夜涼獨自甚情緒。西窗又吹暗雨」此則曲之意脈不斷矣。

陸輔之云．製詞須布製停勻．血脉貫穿。過片不可斷意。如常山之蛇．救首救尾。

周止庵謂柳耆卿詞以平叙見長。或發端．或結尾．或換頭．以一二語鈎勒提掇．有千鈞之力云。讀此則起煞及換頭之重要可知。

沈伯時樂府指迷曰結句須要放開．合有餘不盡之意。以景結情最好。如清眞之「斷腸院落．一簾風絮」「掩重關．徧城鐘鼓」之類是也。或以情結景亦好。須使輕如清露。如清眞之「天便教人．霎時厮見何妨。」又「夢魂凝想鴛侶。」之類．便無意思。亦是詞家之病。卻不可學也云。

張玉田詞源曰。詩難於詠物。詞爲尤難。體認稍眞。則拘而不暢。模寫差遠。則晦而不明。要須收縱聯密。用事合題。一段意思。全在結句。斯爲妙絕云。讀此可知結句之重要矣。

彭駿孫詞統源流曰。塡詞結句。或以動蕩見奇。或以迷離稱雋。著一實語。敗矣。康伯可「正是銷魂時候也。撩亂飛花。」晏叔原「紫騮認得舊遊蹤。嘶過畫橋東畔路。」秦少游「落花無語對斜暉。此恨誰知。」深得此法。

（九）慢近引犯

張玉田曰。詞之音譜。有法曲。有五十四大曲。有慢曲。如望瀛。獻仙音。乃法曲。其源來自唐。六么。降黃龍。乃大曲。唐時鮮有聞。殆起於北宋。慢。近。引。名曰小唱。長不過百餘字。須得聲字清圓。抑揚高下云。案望瀛亦曰瀛府。屬黃鍾宮。即無射宮聲。唐開元時曲也。六么。瀛府。法曲。伊州等。皆以音調分。如今之崑腔。弋腔。秦腔。京腔之類。

「慢」王伯良曲律云。登場首曲。北曰楔子。南曰引子。引子曰慢詞。此慢之意義也。

「近」曲律又云。慢詞歌罷。於科白之先。更有一小令。名曰過曲。過曲曰近詞。

「引」徐誠庵云，凡調之有引字者，乃引而伸之之義，字數必多於原詞。如「千秋歲」七十一字，「千秋歲引」則八十二字矣。

「犯」姜白石曰，凡曲言犯者，謂以宮犯商，商犯宮之類。如道調宮上字住，雙調亦上字住，所住字同，故道調曲中犯雙調，或於雙調曲中犯道調，其他準此。唐人樂書云，犯有正旁偏側。宮犯宮爲正宮，犯商爲旁宮，犯角爲偏宮，犯羽爲側宮，白石以此說爲不然。謂十二宮所住之字各不同，不容相犯。十二宮特可以犯商角羽耳云。案律呂四犯，張玉田詞源言之較詳，見下文宮調條。

吳夢窗云，十二宮住字不同，唯道調與雙調俱上字住，可犯。徐誠庵謂夢窗所謂上字可犯之（上）字，非平上去入之上，乃工尺上之(上)也。此即以宮犯商角之說矣。案夾鍾之商聲曰雙調。仲呂之宮聲曰道調。

歷代詩餘云。犯乃歌時假借別調作腔。故有側犯。尾犯。花犯。玲瓏四犯等名。所謂四犯者。蓋合四調而成也。

詞律云。詞中曰犯者有二義。一曰犯宮調。如以宮犯商角之類是也。一曰犯他調句法。如〔江月晃重山〕之類是也。

犯宮調者如

四犯翦梅花　(劉改之)

水殿風涼。賜環歸。正是夢熊華日。(解連環)疊雪羅輕。稱雲章題扇。(醉蓬萊)西清侍宴。望黃傘。日華籠輦。(雪獅兒)金券三王。玉堂四世。帝

恩偏眷。醉蓬萊　臨安記。龍飛鳳舞。信神明有後。竹梧陰滿。解連環
笑折花看。褭荷香紅淺。醉蓬萊　功名歲晚。帶河與礪山長遠。雪獅兒
麟甫杯行。狨韉坐穩。內家宣勸。醉蓬萊

萬紅友以此詞前後起句與〔解連環〕全不相似為疑。徐誠庵引秦氏玉笙釋之云。此調兩用〔醉蓬萊〕合〔解連環〕〔雪獅兒〕。故曰四犯。所謂翦梅花者。梅花五瓣。四則翦去其一。犯者。謂犯宮調。不必字句悉相同也云。案下文宮調條可與此說相發明。

犯他調句法者如

江月晃重山（陸游）

芳草洲前道路。夕陽樓上闌干。西江月　碧雲何處望歸鞍。西江月　小重山

從軍客，躭月不思還。小重山 洞裏仙人種玉。江邊楚客滋蘭。西江月 鴛鷺沙煖鶺鴒寒。西江月 小重山 菱花晚，不奈鬢毛斑。小重山

詞律謂此調用〔西江月〕〔小重山〕串合而成，故名，實曲中用犯之嚆矢云。案此調每半闋各五句。一二是〔西江月〕，四五是〔小重山〕。第三句亦〔西江月〕亦〔小重山〕，故能借此以作過度，爲之注出如右，試並錄此兩調於左，便知其法。

西江月 （稼軒）

千丈懸崖削翠，一川落日鎔金。白鷗來往本無心。選甚風波一任。別浦魚肥堪膾，前村美酒重斟。千年往事已沈沈。閑管興亡則甚。

小重山（白石）

人繞湘皋月墜時。斜橫花樹小浸愁漪。一春幽事有誰知。東風冷香遠茜裙歸。鷗去昔遊非。遙憐花可可夢依依。九疑雲杳斷魂啼。相思血都沁綠筠枝。

「江月晃重山」之「碧雲何處望歸鞍」一句恰與西江月之「白鷗來往本無心」及「小重山」之「一春幽事有誰知」句法平仄適相合故得以「西江月」起借此一句以度入「小重山」下半闋「鴛鴦沙煖鵁鶄寒」與「千年往事已沈沈」及「九疑雲杳斷魂啼」亦然詞律似未察此意故猶以「西江月」之半闋乃四句而「小重山」之半闋則六句長短不均為疑。

更有杜文瀾之詞律補遺收虞集一首

南鄉一翦梅

南阜小亭臺。薄有山花取次開。寄語多情熊少府．晴也須來。雨也須來。　隨意且銜杯。莫惜春衣坐綠苔。若待明朝風雨過．人在天涯。春在天涯。

杜氏謂舊譜以此調與〔江月晃重山〕詞皆爲犯調。不知宋詞名犯者．取宮調相犯之義。如仙呂調犯商調爲羽犯商之類．從未有以兩調相犯爲犯者。南北曲如此者甚多云。案此與萬紅友之說微有異同．或此乃曲之犯歟．未可知也。此調之前三句乃南鄉子．第四五句乃一翦梅。下半闋同。

（十）暗韻

詞有暗韻。即詞律所謂藏短韻於句中者是也。如〔滿庭芳〕過片第二字。〔霜葉飛〕起句之第四字是。而以〔木蘭花慢〕爲尤多。

【滿庭芳】多情行樂處。珠鈿翠蓋。玉轡紅纓。 （秦淮海）

思量能幾許。憂愁風雨。一半相妨。 （蘇東坡）

年年如社燕。飄流翰海。來寄修椽。 （周淸眞）

情與纓叶。量與妨叶。年與椽叶。此即所謂暗韻者矣。然亦有不叶者。如

年光還少味。開殘檻菊。落盡溪桐。 （晏小山）

兒時曾記得。呼燈灌穴。歛步隨音。 （張南湖）

此則光與桐不相叶、時與音不相叶矣。不叶者約居十之二三、想仍以叶爲佳。又如

【霜葉飛】露迷衰草、疏星挂、凉蟬低下林表。（淸真）

故園空杳、霜風勁、南塘吹斷瑤草。（玉田）

斷煙離緒、關心事、斜陽紅隱霜樹。（夢窗）

草表、杳草、緒樹均相叶。名作皆然。又如

木蘭花慢（周草窗）

恰芳菲夢醒、漾殘月、轉湘簾。正翠崦收鐘、彤墀放仗、臺榭輕煙。東園夜遊乍散、聽金壺逗曉、歇花鈿。宮柳微開露眼、小鶯寂寞春眠。冰奩黛淺紅鮮。臨曉鑑、競晨妍。怕誤卻佳期、宿妝旋整、

忙上雕軿。都緣探芳起早、看隄邊、早有已開船。薇帳殘香淚蠟、有人病酒懨懨。

東園、冰奩、都緣、凡三暗韻。此類最宜留意。名作多如是。

又（呂渭川）

朝天門外路、路坦坦、走瑤京。悔年少狂圖、爭名遠宦、爲米孤征。星星半凋鬢髮、事千端、回首卻堪驚。居士新來悟也、渭川小隱初成。

臨清巧剏幽亭。眞富貴、享安榮。有猿鳥清謳、松篁森衞、檜柏雙旌。蛙鳴自然鼓吹、粲林華、前後錦圍屏。須信早朝雞唱、未如夜枕灘聲。

星星、臨清、蛙鳴、亦暗韻也。草窗之西湖雜詠、有〔木蘭花慢〕十首、無不相同。詞中此類尚多．想按歌時定有關係。萬紅友謂「惜紅衣」維舟試望．故國渺天北。國字亦暗韻。但按諸名作多未然。

（十二）襯音

曲有襯字而詞則無，此曲之所以爲進化也。然而歌曲，或慢聲，或促節，抑揚徐疾，變化由人。若但照曲文直讀，必難成腔。可見詞雖無襯字，然既可歌，則襯音自不能免。琵琶記之「是月下歸來飛瓊」。徐伯良謂「歸來飛瓊」四平聲字相接，若不加以截板，間勢難度過。截板間即襯音矣。似此等處，在乎歌者之自然流麗，其彈力與神化，似尤過於用襯字。

周美成之「浣溪沙慢」起句曰「水竹舊院落，櫻筍新蔬果。」「水竹舊院落」五字俱仄。史梅溪之「壽樓春」起句曰「裁春衫尋芳。記金刀素手，同在晴窗。」「裁春衫尋芳」五字俱平。以「歸來飛瓊一例之，則此兩句之五平五仄，亦必有襯音，乃能合拍。美成梅溪，皆一代宗匠。美成奉勅書主大晟府之詞壇，固無論矣。即張功甫之評論梅溪，亦歎爲姿帖輕圓，可以分鑣清眞平睨方回。則周史二人於音律上之所造詣，可以見矣。以知其作品必非等閑，無不可以入歌。因琵琶一曲而知此五平五仄句之必有襯音。又知宋詞雖無襯字，然必已有襯音也。

王伯良謂詩餘無襯字，襯字自南北二曲始。又曰，凡對口曲不能不用襯字，各大曲及散套，只是不用爲佳。是則襯字亦不宜妄用，恐襯音尤尚耳。

大約歌曲之必須用襯音，中外皆然。所謂一字數轉者是矣。中國文字，原一字一音。乃一字而可以有數轉，則所轉者其必爲襯音也明矣。即今之皮簧，亦復如是。此則全在歌者之天才。歌曲之進化，端在乎此。

漁隱叢話云。唐初歌舞，多是五七言詩。後漸變爲長短句。今只存瑞鷓鴣，小秦王，二闋。瑞鷓鴣是七言八句詩，猶依字易歌。小秦王是七言絕句，必須雜以虛聲，乃可歌耳。案小秦王，即陽關曲。此處之所謂虛聲，亦即襯音也。又可爲詞之入歌，有時須用襯音之一鐵證。

（十二） 宮調

南詞叙錄曰。永嘉雜劇。本村坊小曲。原無宮調。若必欲窮其宮調。則當自唐宋詞中別出十二律二十一調。方合古意。又曰北曲乃遼金殺伐之音。南曲又出北曲下一等。彼亦以宮調限之。吾不知其何取也。又曰欲求宮調。當取宋之絕妙詞選。逐一按出宮商。乃可云。由此觀之。則宮調原是詞學之名辭。自詞之音譜失傳。曲乃因而用之。後世幾以宮調二字爲曲之專有名辭。則大誤矣。

宮商角徵羽是曰五音。加以變宮變徵而爲七聲。律之在宮曰宮。在商角羽曰調。

所謂十二律者。即 黃鍾。 大呂。 太簇。 夾鍾。 姑洗。 仲呂。

蕤賓．林鍾．夷則．南呂．無射．應鍾．是也．黃鍾之管最長．其音沈重。無射之管最短．其音輕清。若應鍾則太短而促．獨奏不能成聲矣。

十二律和以宮商角羽四音得四十八調。自宋以來．已亡其泰半．僅存周德清中原音韻所載之六宮十一調。即所謂十七宮調是已。錄如下

黃鍾
宮（正宮）富貴纏綿　商（大石調）風流蘊藉
角　羽（般涉調）拾掇坑塹

大呂
宮（高宮）惆悵雄壯　商（高大石調）典雅沈重（元代已失）
角　羽

太簇
宮　商
角　羽

夾鍾
宮（中呂宮）高下閃賺　商（雙調）健捷激裊
角　羽

律	宮	商	角	羽
姑洗		（中管雙調）健捷激裊		
仲呂	（道宮）飄逸清幽 元代已失	（小石調）旖旎嫵媚		
蕤賓				
林鍾	（南呂宮）感歎悲傷	（歇指調）急併虛歇 元代已失		（高平調）條拗滉漾
夷則	（仙呂宮）清新綿邈	（商調）悽愴怨慕	（商角調）悲傷宛轉 元代已失	
南呂				
無射		（越調）陶寫冷笑	（越角調）嗚咽悠揚 元代已失	
應鍾		（中管越調）陶寫冷笑		

共存六宮十一調

自金元以後．北又亡其四．即道宮．歇指．越角調．高大石調是也。南又亡其一，即商角調是也。所存只五宮七調，共為十二宮調。雙調與越調，因管色之不同，各變為二。

以上十七宮調之四字評。乃中原音韻所定之考語，由來已久。後世有謂為太鑿者，實門外漢而故作內行語。試問聲音之能感人，孰敢否認。若否認則是根本推翻音樂矣。中原音韻之所評定，自是指音節而言。填詞家既擬取一宮調以範其所度之曲，此曲必是陶寫其當日之情感。所謂悽愴怨慕，飄逸清幽云者，文辭必與音節相應，而歌者乃得聲容並茂。若用一雄壯之宮調以寫其幽怨之情，將使歌者無所適從矣。王伯良曰，用宮調須稱事之悲歡苦樂。如遊賞則用仙呂，雙調，等類。哀怨則用商調，越調，等類。以調合情容易感動得人、云。自是當行語。試取片玉、白石兩集、擇其詞之標出宮調者、案諸中原音韻之所評、便知其概。

解連環（商調）夷則商聲中原音韻所謂爲悽愴怨慕者

怨懷無託。嗟情人斷絕、信音遼邈。縱妙手、能解連環、似風散雨收。霧輕雲薄。燕子樓空、暗塵鎖、一牀絃索。想移根換葉、盡是舊時、手種紅藥。汀洲漸生杜若。料舟移岸曲、人在天角。謾記得當日音書、把閒語閒言、待總燒卻。水驛春回、望寄我、江南梅萼。拚今生、對花對酒、爲伊淚落。（片玉）

暗香（仙呂調）夷則宮聲、中原音韻所謂爲清新綿邈者

舊時月色。算幾番照我、梅邊吹笛。喚起玉人、不管清寒與攀摘。

何遜而今漸老、都忘卻、春風詞筆。但怪得、竹外疏花、香冷入瑤席。江國。正寂寂。歎寄與路遙、夜雪初積。翠樽易泣、紅萼無言耿相憶。長記曾攜手處、千樹壓、西湖寒碧。又片片、吹盡也、幾時見得。（白石）

風流子（大石調）黃鍾商聲、中原音韻所謂爲風流蘊藉者

新綠小池塘。風簾動、碎影舞斜陽。羨金屋去來、舊時巢燕、土花繚繞、前度莓牆。繡閣裏、鳳幃深幾許、聽得理絲簧。欲說又休、慮乖芳信、未歌先咽、愁近清觴。遙知新妝了、開朱戶應自待月西廂。最苦夢魂今宵、不到伊行。問甚時說與、佳音密耗、寄將秦鏡、偷換韓香。天便教人、霎時廝見何妨。（片玉）

翠樓吟（雙調）夾鍾商聲．中原音韻所謂爲健捷激裊者
月冷龍沙．塵清虎落．今年漢酺初賜。新翻胡部曲．聽氈幕．元戎
歌吹。層樓高峙。看檻曲縈紅．簷牙飛翠。人姝麗。粉香吹下．夜寒
風細。此地。宜有詞仙．擁素雲黃鶴．與君遊戲。玉梯凝望久．歎
芳草．萋萋千里。天涯情味。仗酒祓淸愁．花消英氣。西山外．晚來
還捲．一簾秋霽。（白石）

憶舊遊（越調）無射商聲．中原音韻謂爲陶寫冷笑者
記愁橫淺黛．淚洗紅鉛．門掩秋宵。墜葉驚離思．聽寒螿夜泣．亂
雨瀟瀟。鳳釵半脫雲鬢．窗影燭光搖。漸暗竹敲涼．疏螢照晚．兩
地魂消。迢迢。問音信．道徑底花陰．時認鳴鑣。也擬臨朱戶．歎

因郎憔悴。羞見郎招。舊巢更有新燕。楊柳拂河橋。但滿目京塵。東風竟日吹露桃。（片玉）

惜紅衣（無射宮）中原音韻謂爲嗚咽悠揚者

簟枕邀涼。琴書換日。睡餘無力。細灑冰泉。幷刀破甘碧。牆頭喚酒。誰訊問．城南詩客。岑寂。高樹晚蟬。說西風消息。虹梁水陌。魚浪吹香。紅衣半狼藉。維舟試望。故國渺天北。可惜柳邊沙外。不共美人遊歷。問甚時同賦。三十六陂秋色。（白石）

此於淸眞白石二人之作品中各錄三首。試平心靜氣讀之。自能覺其神情韻味。逼肖宮調音節也。

彭駿孫詞統源流曰。詞有同名而所入之宮調異者。則字數之多寡亦因之而異。如北劇（黃鍾）〔水仙子〕與（雙調）〔水仙子〕異。南劇（越調）過曲〔小桃紅〕與（正宮）過曲〔小桃紅〕異之類是也。又有字數多寡同而所入之宮調異者。則調名亦因之而異。如〔玉樓春〕若入（大石調）即名爲〔木蘭花〕之類是也云。然則同體異名之詞。亦有非盡屬文人多事者矣。又如〔桂枝香〕亦名〔疏簾淡月〕。徐誠庵曰。舊譜此調分南北。如用入聲韻則名〔桂枝香〕。同上去聲韻則名〔疏簾淡月〕。此亦宮調之說矣。

閒嘗讀白石集。見旁註之音譜。幾同天書。雖明知其爲工尺之符號。然未之能解也。茲據張玉田詞源釋之如左。第一行爲音譜符號。第二行爲工尺釋文。

（管色應指字譜）

ㄠリフ八ㄅ一マㄥ△丂ゆ幼何伏カ八ㄅ人リ

六凡工尺上一四勾合五尖一尖上尖凡大住小住掣折大凡打

（宫調應指譜）

七宫

黄鍾宫（凡）　仙吕宫（上）　正　宫（合）　高　宫（五）

南吕宫（大凡）　中吕宫（一）　道　宫（折）

十二調

大石調（四）　小石調（大凡）　般涉調（合）　歇指調（工）

越　調（六合）　仙吕調（合）　中吕調（折）　正平調（四）

高平調（一）　雙　調（上）　黃鍾羽（大凡）　商　調（挈）

（古今字譜）

黃鍾	合	蕤賓	勾
大呂	下四	林鍾	尺
太簇	四	夷則	下工
夾鍾	一上	南呂	工
姑洗	一	無射	下凡
仲呂	上	應鍾	凡

（律呂四犯）

宮犯商　商犯羽　羽犯角　角歸本宮

黃鍾宮	無射商	夾鍾羽	無射閏
大呂宮	應鍾商	姑洗羽	應鍾閏
太簇宮	黃鍾商	仲呂羽	黃鍾閏
夾鍾宮	大呂商	蕤賓羽	大呂閏
姑洗宮	太簇商	林鍾羽	太簇閏
仲呂宮	夾鍾商	夷則羽	夾鍾閏
蕤賓宮	姑洗商	南呂羽	姑洗閏
林鍾宮	仲呂商	無射羽	仲呂閏
夷則宮	蕤賓商	應鍾羽	蕤賓閏
南呂宮	林鍾商	黃鍾羽	林鍾閏

無射宮　夷則商　大呂羽　夷則閏

應鍾宮　南呂商　太簇羽　南呂閏

以宮犯宮爲正犯。以宮犯商爲側犯。以宮犯羽爲偏犯。以宮犯角爲旁犯。以角犯宮爲歸宮。周而復始。

此與唐人樂書所述微有異同。玉田乃一代宗匠。當可據。宮調相犯。全在尾聲。詞源有結聲正訛一段。讀之便可知其意。

（結聲正訛）

商調是（凡）字結聲。用折而下。若聲直而高。不折。則成（六）字。即犯越調。

仙呂宮是（工）字結聲。用平直。若微折而下。則成（凡）字。即犯黃鍾宮。

正平調是（四）字結聲，用平直而去。若微折而下則成（折）字。即犯仙呂調

道宮是（勾）字結聲，要平下。若太下而折，則帶（大凡一）雙聲。即犯中呂宮。

高宮是（五）字結聲，要清高。若平下則成（凡）字，犯大石。微高則成（六）字，犯正宮。

南呂宮是（大凡）字結聲，要平而去。若折而下則成（一）字，即犯高平調。

江藩曰，詞源論五音均拍，最爲詳贍。竊謂樂府一變而爲詞，詞一

變而爲令。令一變而爲北曲。北曲一變而爲南曲。今以北曲之宮譜考詞之聲律、十得八九焉。詞源所論之樂色管色、即今笛色之六、五、上、四、合、一、凡也。管色應指字譜、七調之外、若勾、失、一、小、大、上、小、大、凡、大住、小住、掣、折、大凡、打、乃吹頭管者換調之指法也。宮調應指譜者、七宮指法起字、及指法十二調之起字也。此雖樂工之事、然塡調家亦當究心。若舍此不論、豈能合律哉。細繹是書、律之最嚴者爲結聲字。如商調結聲是凡字、若用六字、則犯越調。學者以此類推、可免走腔落調之病矣。云此江藩跋詞源之一段也。「以北曲之宮譜考詞之聲律、十得八九。」可謂禮失而求諸野。

張玉田曰、「詞之作必須合律、然律非易學、得之指授方可。若詞人方始作詞。必欲合律。恐無是理。所謂千里之程。起於足下。當漸而進可也。正如方得離俗爲僧。便要坐禪守律。未曾見道。而病已至。豈能進於道哉。音律所當參究。詞章先宜精思。俟語句妥溜。然後正之音譜。二者得兼。則可造極元之域。今詞人纔說音律。便以爲難。正合前說。所以望望然去之。苟以此論製曲。音亦易諧。將于于然而來矣。」此言最恕。若以不識音律之人而作此言。必遭嗤罵。而玉田固一代宗師也。若以音譜既失之今人而作此言。必遭譏笑。而玉田固詞學極盛之南宋人也。所言如此。當是至理。「音律所當參究。詞章先宜精思。俟語句妥溜。然後正之音譜。」非入而復出者不能作此言。

詞學上編終

詞學 下編

目錄

新會梁啓勳初稿

（一）概論

上編既論詞之本體．下編試進論詞流之技術。余平昔最不以坊間之詩詞選本爲然。以爲徒翻古人之集．每家選出若干首．不付理由．而漫使學者讀之．則是等於無意識而已。非謂詩詞之不宜選也．但選而用以自課則可．若刊而行於世．則不必矣。蓋人各有其性之所近．己之所好．未必盡是他人之所好。己之所惡．未必盡是他人之所惡。卽一人之性情思想．亦每因環境而有變遷．因年齡而有變遷．因學問而更有變遷。今之所是．或卽他日之所非．選之奚爲。余以爲若取古人專集、用五色圈點、三年或五年而一易其顏色、用以自課、藉此以自驗其學問之進止、思想之變化、則未嘗無益。若貿貿然用自已一時期之學問思想爲標準、以權衡古人、模範來者、則不獨自視太高、貽笑大方、抑亦誣蔑古人、罪有應得矣。將謂我之所選、即某人作品中之最佳者耶。自非古人、豈得如此武斷。將謂我之所選、盡屬膾炙人口者耶。則亦何必以他人之口爲自已之口、又未免自視太低矣。以此論之、則非讀全集不可。勿效水母之目蝦也。

詞始於唐、歷五代兩宋而稱極盛。如唐之溫庭筠、皇甫松、李白。五代如牛嶠、韋莊、鹿虔扆、歐陽炯、馮延已、牛希濟、孫光憲、後唐莊宗、南唐元宗，南唐後主等。作品皆淸空靈妙，格律稱最高。北宋初期，如晏氏父子，范仲淹歐陽修等，猶有五代遺風。過此以往則漸趨柔靡，品格日下矣。計兩宋三百二十年間，能超脫時流，飄然獨立者，得三人焉。在北宋則有蘇東坡。即胡致堂所謂，一洗綺羅香澤之態，擺脫綢繆宛轉之度，逸懷浩氣，超脫塵垢者是也。在北宋與南宋之間則有朱希眞。作品多自然意趣，不假修飾而丰韻天成。即汪叔耕所謂多塵外之想者是也。在南宋則有辛稼軒。即周止庵所謂斂雄心，抗高調，變溫婉，成悲涼者是也。兩宋間有此三君，亦可作詞流光寵矣。

文學乃一種工具，用以表示情感，摹描景物，發揮意志。陶寫性靈而已。詞亦文學之一種．其藝術之本質．對於此四項工作．或許有一二爲彼所特長．爲他種文藝之所不能及亦未可知。所以自唐以訖現代．千餘年間．詞之在文學界．幾以附庸蔚爲大國非無因也。今略舉五代兩宋之名家作品．分類而論列之。試觀某人對於某種技術．運用最爲高妙也。此非詞選．不過就記憶力所能及之範圍．爰舉爲例．並付理由．用覘技術之高下而已。

詞之在文學中．大抵用作表示情感．摹描景物之工具．最爲相宜。非謂他種文藝之不能表示．不能描寫也．技術之優劣．當然存乎其人。但運用之難易．問題則在於工具矣。良工亦不能不選擇利器．某項工作宜用某種工具．此與技術之優劣．最有關係．不容忽畧也。

今試以表示情感，摹描景物分作兩大類。以技術爲經，詞流爲緯，分別比較。表示情感之中，再分作迴腸盪氣，含蓄蘊藉兩種。迴腸盪氣之下，又分爲曼聲與促節。含蓄蘊藉之下，又分爲歛抑與烘托。摹描景物之中，再分作融和情景，描寫物態兩種。爲表如下。

- 詞
  - 表示情感
    - 含蓄蘊藉
      - 歛抑
      - 烘托
    - 迴腸盪氣
      - 曼聲
      - 促節
  - 摹描景物
    - 融和情景
    - 描寫物態

描寫女性情感。亦文學技術之一種。此種文藝。最初當推楚辭。如湘君。湘夫人。少司命等是也。高唐神女洛神等賦。則更盡態極妍矣。後此之詩歌樂府名品亦復不少。詞亦有然。至於元明之雜劇傳奇。則更以才子佳人爲骨幹矣。因特闢描寫女性一欄附錄於後。試視此種工具對於此種藝術爲何如也。

節序之詠。亦文學中之一種。擇錄若干首附於描寫物態之後。用備一格。

（二）歛抑之蘊藉法

含蓄蘊藉之文學．乃中華民族特性之最眞表現．所謂溫柔敦厚．詩之教也。當情感正在強烈之時．偏要深自歛抑．用極有節制之法度表現出來。使讀者能從絃外之音得見其情感之眞面目。此法似極不容易．然而中國民族．得三百篇之遺教．數千年來．運用得最爲純熟。詩文如此．詞亦有然。如南唐後主之

浪淘沙

簾外雨潺潺。春意闌珊。羅衾不耐五更寒。夢裏不知身是客．一晌貪歡。 獨自莫憑闌。無限江山。別時容易見時難。流水落花春去也．天上人間。

又

往事只堪哀。對景難排。秋風庭院蘚侵階。一桁珠簾閑不捲·終日誰來。金劍已沈埋。壯氣蒿萊。晚涼天凈月華開。想得玉樓瑤殿影·空照秦淮。

虞美人

春花秋月何時了。往事知多少。小樓昨夜又東風。故國不堪回首月明中。雕闌玉砌應猶在。只是朱顏改。問君能有幾多愁。恰似一江春水向東流。

李後主原是天才之文學家·又是亡國之君。此三首乃國破之後·在汴梁作虜公時所作。緫懷故國·又不敢明白表示。忍淚吞聲·終亦不能自抑，而流露於言辭。聞宋太祖賜以牽機藥，亦因見此詞。

李後主尚有一首

臨江仙

櫻桃落盡春歸去，蝶翻輕粉雙飛。子規啼月小樓西。玉鉤羅幕，惆悵暮煙垂。　別巷寂寥人散後，望殘煙草低迷。爐香閑裊鳳凰兒。空持羅帶，回首恨依依。

雪舟脞語云。後主在圍城中作長短句，未就而城破云。或謂後三句，即檻車北行時途間所續成者也。眞可謂亡國之音，然又極含蓄蘊藉之致。

宋徽宗之身世，亦與後主同。其文學天才，亦不減後主。有一首

燕山亭

裁剪冰綃·輕疊數重·冷淡臙脂勻注。新樣靚妝·艷溢香融·羞殺蕊珠宮女。易得凋零·更多少·無情風雨。愁苦。問院落淒涼·幾番春暮。

憑寄離恨重重。這雙燕何曾·會人言語。天遥地遠·萬水千山·知他故宮何處。怎不思量·除夢裏·有時曾去。無據。和夢也·新來不做。

題曰「北行見杏花」可見乃被虜北遷時作矣。下半闋愈含忍愈聞哽咽之聲。極蘊藉之能事。又有張玉田一首

長亭怨

望花外·小橋流水·門巷愔愔·玉簫聲絕。鶴去臺空·珮環何處·弄

明月。十年前事．愁千折心情頓別。露粉風香．誰爲主．都成消歇。

淒咽。曉窗分袂處．同把帶鴛親結。江空歲晚．更忘了．尊前曾說。恨西風．不庇寒蟬．便埽盡一林殘葉。謝他楊柳多情．還有綠陰時節。

題曰「有感故居。」玉田乃循王之後。王孫落魄．重過故園．感傷不能自已。然恨西風以下數句．則極風流蘊藉之致。尚有歐陽永叔之四首

蝶戀花

六曲闌干偎碧樹。楊柳風輕．展盡黃金縷。誰把鈿箏移玉柱。穿簾燕子雙飛去。　滿眼游絲兼落絮。紅杏開時．一霎清明雨。濃

睡覺來鶯亂語。驚殘好夢無尋處。

又

誰道閑情拋棄久。每到春來，惆悵還依舊。日日花前常病酒。不辭鏡裏朱顏瘦。　河畔青蕪堤上柳。唯問新愁，何事年年有。獨立小橋風滿袖。平林新月人歸後。

又

幾日行雲何處去。忘卻歸來，不道春將暮。百草千花寒食路。香車繫在誰家樹。　淚眼倚樓頻獨語。雙燕來時，陌上相逢否。撩亂春愁如柳絮。依依夢裏無尋處。

又

庭院深深深幾許。楊柳堆煙、簾幕無重數。玉勒雕鞍遊冶處、樓高不見章臺路。　雨橫風狂三月暮。門掩黃昏、無計留春住。淚眼問花花不語。亂紅飛過秋千去。

張皐文謂歐公此四首乃爲韓范諸公而作。果爾、則其本事如下。

初呂夷簡罷相、夏竦授樞密使、旋奪去、代以杜衍、同時進用韓琦、富弼、范仲淹、范奏對語侵及竦、竦銜之、造言范等爲黨人。此歐公之朋黨論所由作也。然諸賢卒以此外放。仁宗慶歷五年、讒愈甚、范乃乞罷。是年三月、杜衍、富弼、范仲淹罷樞密副使、韓琦力諫、疏入不報。琦不安、乃求外放。於是罷琦樞密副使、知揚州。歐陽修乃極力爲杜、韓、范、富辯證。疏入不報、指修爲朋黨者益惡之。八月、歐公出知滁州。若如張皋文所云云，則此詞之本事乃如此。然讀詞句之吞咽處，亦知必非爲傷春而作矣。此四詞誤入陽春集，但必非馮延已作，既成定論。

東坡有一首賀新郎，極風流蘊藉之致，曰

賀新郎

乳燕飛華屋。悄無人，槐陰轉午，晚涼新浴。手弄生綃白團扇，扇手一時似玉。漸困倚，孤眠清熟。簾外誰來推繡戶，枉教人，夢斷瑤臺曲。又卻是，風敲竹。　石榴半吐紅巾蹙。待浮花，浪蕊都盡，伴君幽獨。穠豔一枝細看取，芳意千重似束。又恐被，秋風驚綠。若待得君來向此，花前對酒不忍觸。共粉淚，兩簌簌。

古今詞話記此詞之本事曰，坡公倅杭日，府僚湖中高會，羣妓畢集，唯秀蘭不來，營將督之再三乃至，坡公問其故，答曰，沐浴倦臥，忽有敲門聲，急起詢之，乃營將催督也。整妝趨命，不覺稍遲。時府僚有屬意於蘭者，見其不來，恚恨不已，謂必有所私。秀蘭含淚力辯，坡公乃從旁冷語，陰爲之解，府僚終不釋然也。適榴花開盛，秀蘭以一枝藉手獻座中。府僚愈怒，責其不恭。秀蘭進退無據，但低首垂淚而已。坡公乃作賀新郎一曲，令秀蘭歌以侑觴，聲容妙絕。府僚大悅，劇飲而罷云。坡公此詞，刻畫出一種笑啼俱不敢之情態。怨苦在心。又強制而不敢露。一種吞吐歛抑之情，最能得題中人之神理。

姜白石有一首

解連環

玉鞭重倚。却沈吟未上．又縈離思。爲大喬能撥春風．小喬妙移箏．雁啼秋水。柳怯雲鬆．更何必十分梳洗。道郎携羽扇．那日隔簾．半面曾記。西窗夜涼雨霽．歎幽歡未足．何事輕棄。問後約空指薔薇．算如此溪山．甚時重至。水驛燈昏．又見在曲屏近底。念唯有夜來皓月．照伊自睡。

此詞無題．本事更不得而知。唯一種吞吐歛抑之情．酷似東坡之賀新郎。下半闋可謂纏綿悱惻之至。

辛稼軒亦有一首吞吐歛抑之作。曰

祝英臺近

寶釵分、桃葉渡、煙柳暗南浦。怕上層樓、十日九風雨。斷腸片片飛紅、都無人管、更誰勸、流鶯聲住。　鬢邊覷。試把花卜歸期、才簪又重數。羅帳燈昏、哽咽夢中語。是他春帶愁來、春歸何處。卻不解、帶將愁去。

張端義貴耳集云。呂正已爲京畿吏、有女仕辛幼安。因以微事觸其怒、竟逐之。稼軒桃葉渡詞因此而作云。然而宋人說部、未可遽信。但此詞態妍意婉、如有物在喉。必非爲傷春而作、可斷言也。此種作品、在稼軒集中殆不多見。

又如汪大有之水雲詞有一首。

水龍吟

鼓鞞驚破霓裳，海棠亭北多風雨。歌闌酒罷，玉嗁金泣，此行良苦。駝背模糊，馬頭匼匝，朝朝暮暮。自都門燕別，龍艘錦纜，空載得，春歸去。目斷東南半壁，悵長淮，已非吾土。受降城下，草如霜白，淒涼酸楚。粉陣紅圍，夜深人靜，誰賓誰主。對漁鐙一點，羇口一掬，譜琴中語。

題曰「淮河舟中夜聞宮人琴聲」汪水雲生當宣和靖康之世，目覩汴京之淪陷，二帝之播遷。「粉陣紅圍，夜深人靜，誰賓誰主。」真是欲哭無淚。

（三）烘托之蘊藉法

此種技術．是將熱烈之情感藏而不露．用旁敲側擊之法．專寫眼前景物。把情感從實景上浮現出來。如周美成之

夜飛鵲

河橋送人處．良夜何其。斜月遠墮餘輝。銅盤燭淚已流盡．霏霏涼露沾衣。相將散離會．探風前津鼓．樹杪參旗。花驄會意．縱揚鞭亦自行遲。迢遞路回清野．人語漸無聞．空帶愁歸。何意重經前地．遺鈿不見．斜徑都迷。兔葵燕麥．向斜陽．影與人齊。但徘徊班草．欷歔酹酒．望極天西。

題曰「別情」．所別者爲何如人．不得而知。玩詞意則知兩人通

宵不寐。話別達旦。平明起程。送行者旁晚乃歸。則其遠送之程途可知矣。然而全首無一惜別語。但見其寫夜靜。寫月。寫蠟燭。寫露。寫更漏。寫曉星。寫馬。寫平原。寫野徑。寫隴畝。寫斜陽。寫影。上半闋故為平淡。忽於過片後以重筆爲送行者一人獨歸之景況。一種凄凉慘淡之氣。搖動心魂。是眞名手。烘托法有將自己之情感藏著不寫。而寫對方。不寫我如何思念他。先寫他如何思念我。如此。則自己濃厚之情感。自然表現。如柳耆卿之

八聲甘州

對瀟瀟暮雨灑江天。一番洗淸秋。漸霜風凄緊。關河冷落。殘照

當樓。是處紅衰綠減。苒苒物華休。惟有長江水，無語東流。 不忍登高臨遠，望故鄉渺邈，歸思難收。歎年來蹤跡，何事苦淹留。想佳人，妝樓凝望，誤幾囘，天際識歸舟。爭知我，倚闌干處，正恁凝愁。

想佳人兩句，即用此種烘托法。能把感情表示得加倍濃摯。

姜白石有一首，亦用此法。曰

八歸

芳蓮墜粉，疏桐吹綠，庭院暗雨乍歇。無端抱影銷魂處，還見篠牆螢暗，蘚階蛩切。送客重尋西去路，問水面，琵琶誰撥。最可惜，一片江山，總付與啼鴂。 長恨相從未款，而今何事，又對西風離別。渚寒煙淡，棹移人遠，縹緲行舟如葉。想文君望久，倚竹愁生步羅襪。歸來後，翠尊雙飲，下了珠簾，玲瓏閑看月。

詞題曰「湘中送胡德華」。先寫惜別語，最後忽轉變方向，用以慰行者留別之情，愈顯得送者用情之眞摯。八聲甘州想佳人數句乃雙方對照，此一首想文君數句則成三角式矣。

更有一種烘托法，專寫反面。對於正面文章，不著一字。最後一兜轉，而眞精神乃湧現出來。如張玉田之

鬥嬋娟

舊家池館尋芳處，從敎飛燕頻繞。一灣柳護水房春，看鏡鸞窺曉。暈宿粉，雙蛾淡埽。羅襦飄帶腰圍小。盡醉方歸去，又暗約明

朝門草。誰解先到。　心緒亂若晴絲．那回游處．墮紅爭戀殘照。

近來懽事漸無多．尚被鶯惱。便白髮縱少。不似前時好。謾重省．

燕臺句．愁極酒醒．背花一笑。

詞題曰「故園荒沒．懽事去．心有感而作。」玉田乃落魄王孫．過故園而興感之作．集中數見。此詞全首不敘今日之滿目荒涼．但寫前時之賞心樂事。最後以「愁極酒醒．背花一笑」二語兜轉．倍覺淒涼。此與杜工部憶昔開元全盛日．至叔孫禮樂蕭何律一段．同一章法。

烘托法更有借題發揮者。題目只是平平．而作者別有會心．借一事以托出其胸中之感慨。如周草窗之

法曲獻仙音

松雪飄寒、嶺雲吹凍、紅破數枝春淺。襯舞臺荒、洗妝池冷、淒涼市朝輕換。歎花與人凋謝、依依歲華晚。共淒黯。問東風幾番吹夢、應慣識當年、翠屏金輦。一片古今愁、但廢綠、平煙空遠。無語消魂、對斜陽、荒草淚滿。又西泠殘笛、低送數聲春怨。

題曰「弔雪香亭梅」、而精神則全不在梅。西湖遊覽志云、清波門外舊有聚景園。先是高宗居大內、時時屬意湖山、孝宗乃建園奉上皇遊幸。其後累朝臨幸、理宗以後日漸荒落。王碧山有和韻一首、題曰「聚景亭梅次草窗韻」、可見雪香亭即在聚景園中。理宗以後、國事日非、遊宴之興、亦闌珊矣。由是名園、鞠爲茂草。讀此詞之「一片古今愁。但廢綠平煙空遠。無語消魂。對斜陽荒草淚滿。」一絃外之音。寓無限感慨。非只弔落梅已也。

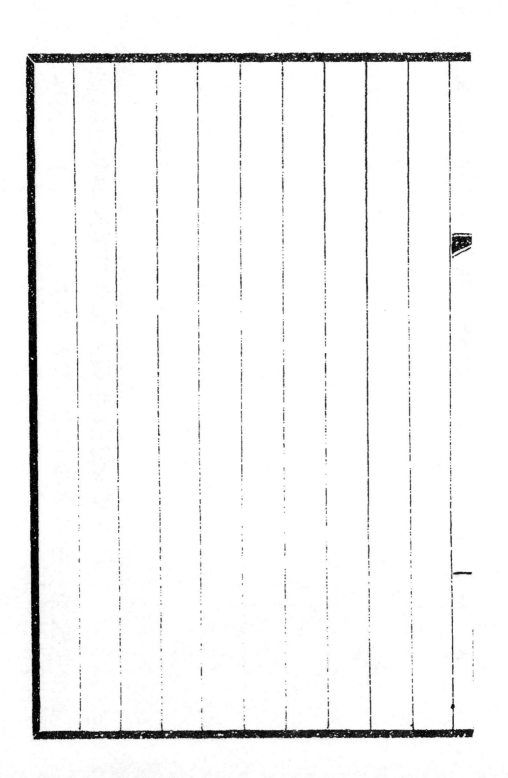

（四）曼聲之迴盪

詞學向以含蓄蘊藉爲正宗．所謂溫柔敦厚．怨而不怒．守三百篇之遺敎也。大氣盤礴．表亢進之感情者．間亦有之．然不多見。自東坡稼軒以後．乃眞有所謂迴腸盪氣之作．即世所稱爲蘇辛派是矣。如東坡之

水調歌頭

明月幾時有．把酒問青天。不知天上宮闕．今夕是何年。我欲乘風歸去．又恐瓊樓玉宇．高處不勝寒。起舞弄清影．何似在人間。

轉朱閣．低綺戶．照無眠。不應有恨．何事長向別時圓。人有悲歡離合．月有陰晴圓缺．此事古難全。但願人長久．千里共嬋娟。

詞題曰「丙辰中秋。歡飲達旦。大醉作此篇。兼懷子由。」一種淋漓滂礴之氣。能將讀者之精神引至超凡景。絕非含蓄蘊藉一路。

又如辛稼軒之

念奴嬌

野塘花落。又匆匆過了清明時節。剗地東風欺客夢。一枕雲屏寒怯。曲岸持觴。垂楊繫馬。此地曾經別。樓空人去。舊遊飛燕能說。聞道綺陌東頭。行人曾見。簾底纖纖月。舊恨春江流不盡。新恨雲山千疊。料得明朝。尊前重見。鏡裏花難折。也應驚問。近來多少華髮。

詞題曰「書東流村壁。」相傳此詞乃寫徽欽二宗北遷之痛心

事。一種幽憤之情．而以曼聲出之。纏綿悱惻．眞所謂迴腸盪氣者矣。又有東坡之

念奴嬌

大江東去．浪淘盡．千古風流人物。故壘西邊．人道是．三國周郎赤壁。亂石撐空．驚濤拍岸．捲起千堆雪。江山如畫．一時多少豪傑。遙想公瑾當年．小喬初嫁了．雄姿英發。羽扇綸巾．談笑間．檣櫓灰飛煙滅。故國神遊．多情應笑．我早生華髮。人生如夢．一尊還酹江月。

詞題曰「赤壁懷古」乃神宗元豐五年壬戌七月作．與赤壁賦同時。東坡四十七歲．即謫居黃州時之作品也。感懷身世．憑弔英

雄，故有此元氣淋漓，迴腸盪氣之作。又如辛稼軒之

摸魚兒

更能消，幾番風雨，匆匆春又歸去。惜春長怕花開早，何况落紅無數。春且住。見說道天涯芳草無歸路。怨春不語。算只有殷勤，畫簷蛛網，盡日惹飛絮。　長門事，準擬佳期又誤。蛾眉曾有人妬。千金縱買相如賦，脈脈此情誰訴。君莫舞。君不見玉環飛燕皆塵土。閑愁最苦。休去倚危闌，斜陽正在，煙柳斷腸處。

詞題爲「淳熙已亥自湖北漕移湖南同官王正之置酒小山亭爲賦」孝宗淳熙六年已亥，稼軒四十歲。時金世宗正大舉南征，稼軒屢有建議而不行。君臣泄沓，得過且過。已知朝廷無意雪恥，

故一種憤慨之氣溢於言表。蓋知恢復中原之希望已斷絕矣。羅大經鶴林玉露跋此詞云，「詞意殊怨在漢唐時，寧不賈禍。聞壽皇見此詞頗不悅，然終不加以罪，可謂盛德」長門事至脈脈此情數語，實對於宋高宗不肯奉迎二帝下誅心之論矣。又姜白石之

揚州慢

淮左名都，竹西佳處，解鞍少駐初程。過春風十里，盡薺麥青青。自胡馬窺江去後，廢池喬木，猶厭言兵。漸黃昏清角，吹寒都在空城。杜郎俊賞，算而今重到須驚。縱荳蔻詞工，青樓夢好，難賦深情。二十四橋仍在，波心蕩冷月無聲。念橋邊紅藥，年年知

爲誰生。

詞題「淳熙丙申至日．余過維揚．夜雪初霽．薺麥彌望。入其城則四顧蕭條．寒水自碧．暮色漸起．戍角悲吟．予懷愴然．感慨今昔．因自度此曲。千巖老人以爲有黍離之悲也。」淳熙三年丙申．與稼軒之（摸魚兒）作於前後三年間。時當金兵南犯後．宋使范成大行成於金。江北一帶。經喪亂之餘．瘡痍滿目。以多感之文人過此．能勿有纏綿悱惻之作。

迴腸盪氣之作．不必定隸以本事方能表現。即游目騁懷之品．亦有可以盪人神志者。如周美成之

滿庭芳

風老鶯雛。雨肥梅子。午陰嘉樹清圓。地卑山近。衣潤費爐煙。人靜烏鳶自樂。小橋外新綠濺濺。憑闌久。黃蘆苦竹。疑泛九江船。

年年如社燕。飄流瀚海。來寄修椽。且莫思身外。長近尊前。憔悴江南倦客。不堪聽急管繁絃。歌筵畔。先安枕簟。容我醉時眠。

題曰「夏日溧水無想山作。」上半闋寫夏季景物。但覺其聲調鏗鏘。無甚異狀。下半闋忽轉爲曼聲之感慨。極迴盪之能事。

又如秦少游之

滿庭芳

山抹微雲。天黏衰草。畫角聲斷譙門。暫停征棹。聊共引離樽。多少蓬萊舊事。空回首煙靄紛紛。斜陽外。寒鴉數點。流水繞孤村。

消魂。當此際、香囊暗解、羅帶輕分。謾贏得青樓、薄倖名存。此去何時見也、襟袖上、空惹啼痕。傷情處、高城望斷、燈火已黃昏。

藝苑雌黃云、程公闢守會稽、少游客焉、館之蓬萊閣。一日席上有所眷、自是不能忘情、因賦長短句。所謂「多少蓬萊舊事」也。詞極爲東坡所賞、取其首句呼之爲山抹微雲君。晁无咎云「斜陽外、寒鴉數點、流水繞孤村。」雖不識字人、亦知是天生好言語。辛稼軒有一首極廻盪之作。曰

永遇樂

千古江山、英雄無覓、孫仲謀處。舞榭歌臺、風流總被、雨打風吹去。斜陽草樹、尋常巷陌、人道寄奴曾住。想當年、金戈鐵馬、氣吞

萬里如虎。元嘉草草。封狼居胥。贏得倉皇北顧。四十三年。望中猶記。烽火揚州路。可堪回首。佛狸祠下。一片神鴉社鼓。憑誰問。廉頗老矣。尙能飯否。

詞題曰「京口北固亭懷古」乃嘉泰四年稼軒六十五歲。自浙東按撫移知鎭江府時作也。四十三年前。即稼軒奉表南歸之年。於此渡江。追懷出入烽火中之事迹。故能如是悲壯。

稼軒復有一首

漢宮春

春已歸來。看美人頭上。裊裊春幡。無端風雨。未肯收盡餘寒。年時燕子。料今宵。夢到西園。渾未辦。黃柑薦酒。更傳青韭堆盤。

卻笑東風從此，便薰梅染柳，更沒些閒。閑時又來鏡裏，轉變朱顏。清愁不斷，問何人、會解連環。生怕見、花開花落，朝來塞雁先還。

詞題曰「立春」，無甚本事，然可謂極迴盪之致。

又如吳夢窗之

八聲甘州

渺空煙四遠，是何年，青天墜長星。幻蒼崖雲樹，名娃金屋，殘霸宮城。箭徑酸風射眼，膩水染花腥。時靸雙鴛響，廊葉秋聲。　宮裏吳王沈醉，倩五湖倦客，獨釣醒醒。問蒼波無語，華髮奈山青。水涵空、闌干高處，送亂鴉、斜日落漁汀。連呼酒、上琴臺去，秋與雲平。

詞題曰「陪庾幕諸公游靈巖」一可謂奇情壯采。廻腸盪氣之作。若有可歌可泣之事實爲之附麗。最易見長。如東坡之念奴嬌。稼軒之摸魚兒。永遇樂。白石之揚州慢等是也。雖無本事。然因景物而轉入感慨。是亦一法。如美成之滿庭芳。稼軒之漢宮春。等是也。更有既無本事。亦不入感慨。但平叙眼前景物而姿態天然。自生廻盪者。此則在寫生妙手矣。如周草窗之

曲遊春

禁苑東風外。颺暖絲晴絮。春思如織。燕約鶯期。惱芳情偏在。翠深紅隙。漠漠香塵隔。沸十里亂絃叢笛。看畫船。盡入西泠。閑卻

半湖春色。柳陌。新煙凝碧。映簾底宮眉．堤上遊勒。輕暝籠寒．怕梨雲夢冷．杏香愁冪。歌管酬寒食。奈蝶怨．良宵岑寂。正滿湖醉月搖花．怎生去得。

詞題曰「禁煙湖上薄遊．施中山賦詞甚佳．因次其韻。蓋平時遊舫．至午後則盡入裏湖．抵暮始出斷橋．小駐而歸。非習於遊者不知也」云。「看畫船．盡入西泠閑卻半湖春色。」只是寫實．如淡妝美人．不假修飾而丰韻天然．自能蕩人神志。是不容易。更有一種．其廻腸盪氣處．卽是直錄本事。若不知其底蘊．幾疑此語是作者之感慨。如賀方回之

石州慢

薄雨催寒，斜照弄晴，春意空闊。長亭柳色纔黃，遠客一枝先折。煙橫水際，映帶幾點歸鴉，東風消盡龍沙雪。還記出門時，恰如今時節。將發。畫樓芳酒，紅淚清歌，頓成輕別。已是經年，杳杳音塵都絕。欲知方寸，共有幾許清愁，芭蕉不展丁香結。枉望斷天涯，兩厭厭風月。

能改齋漫錄云，方回嘗眷一姝，別久，姝寄詩云，「獨倚危闌淚滿襟。小園春色懶追尋。深恩縱似丁香結，難展芭蕉一寸心。」賀用其語，賦石州慢答之云。「欲知方寸，共有幾許清愁，芭蕉不展丁香結。」乃詞中警句，然不知其即直用本事也。但此亦類似東坡和章質夫之水龍吟，人皆以爲東坡是原唱，質夫是和韻矣。

復有一種、既無題、亦不知本事。然每一誦讀、輒覺迴腸盪氣、不能自己。若因作者之時代背景或社會環境而尋味之、可想見其落筆時、胸中定爲無限傀儡、無限感慨。由是一種神秘作用、遂能使百世後之讀者、亦與之同感。文章之魔力、有如是者。如葉少蘊之

賀新郎

睡起流鶯語。掩蒼苔、房櫳向晚、亂紅無數。吹盡殘花無人見、唯有垂楊自舞。漸暖靄、初回輕暑。寶扇重尋明月影、暗塵侵、上有乘鸞女。驚舊恨、遽如許。　江南夢斷橫江渚。浪黏天、葡萄漲綠、半空煙雨。無限樓前滄波意、誰采蘋花寄取。但悵望、蘭舟容與。萬里雲帆何時到、送孤鴻、目斷千山阻。誰爲我、唱金縷。

石林生當元祐政和之間。黨爭最烈。而君臣泄沓。國勢阽危。岌岌若不可終日。雖曰文人最易興感。然此詞必非無病呻吟。詞中此類作品不少。大約就各人之身世。可以得其感慨之所在。如此詞之前四韻。似寫首夏景物。至「寶扇重尋明月影。暗塵侵上有乘鸞女。」忽用班婕妤與明皇故事。可見傷心人別有懷抱矣。

（五）促節之廻盪

曼聲之廻盪法．如引吭高歌．其氣外舒。促節之廻盪法．如暗中啜泣．其聲內咽。此其所以異也。然而音節雖不同．其廻盪之能力則一。可作促節之模範者．當推李清照之

聲聲慢

尋尋覓覓．冷冷清清．淒淒慘慘戚戚。乍煖還寒．時候最難將息。三杯兩盞淡酒．怎敵他晚來風急。雁過也．最傷心卻是舊時相識。　滿地黃花堆積。憔悴損如今有誰堪摘。守着窗兒．獨自怎生得黑。梧桐更兼細雨．到黃昏點點滴滴。者次第．怎一箇愁字了得。

李清照乃北宋金石學家趙明誠之夫人。趙早喪。此詞見漱玉集．無題。然望文知是寫一天之實感。一種煢獨恓惶之景況．動人魂魄。集中尚有〔念奴嬌〕一首．〔永遇樂〕一首．亦是促節一類．並錄之。

念奴嬌

蕭條庭院．又斜風細雨．重門須閉。寵柳嬌花寒食近．種種惱人天氣。險韻詩成．扶頭酒醒．別是閒滋味。征鴻過盡．萬千心事難寄。

樓上幾日春寒．簾垂四面．玉闌干慵倚。被冷香消新夢覺．不許愁人不起。清露晨流．新桐初引．多少遊春意。日高煙斂．更看今日晴未。

永遇樂

落日鎔金．暮雲合璧．人在何處。染柳烟濃．吹梅笛怨．春意知幾許。元宵佳節．融和天氣．次第豈無風雨。來相召．香車寶馬．謝他酒朋詩侶。　中州盛日．閨門多暇．記得偏重三五。鋪翠冠兒．撚金雪柳．簇帶爭濟楚。如今憔悴．風鬟霧鬢．怕見夜間出去。不如向簾兒底下．聽人笑語。

陸放翁雖不以詞名．然有一首極促節之

釵頭鳳

紅酥手。黃縢酒。滿城春色宮牆柳。東風惡。歡情薄。一懷愁緒．幾年離索。錯錯錯。　春如舊。人空瘦。淚痕紅浥鮫綃透。桃花落。閑池閣。山盟雖在，錦書難託。莫莫莫。

絕妙好詞箋云。陸務觀初娶唐氏，閎之女也。於其母夫人爲姑姪，伉儷相得，而不獲於其姑。既出而未忍絕，爲之別館，時往焉。其姑知而掩之，雖先匿而事不得隱，遂絕之。亦人倫之變也。唐後改適同郡趙某，嘗以春日出遊，相遇於禹跡寺南之沈氏園。唐以語趙，使致酒肴。陸悵然久之，爲釵頭鳳一詞題園壁間云云，實紹興乙亥歲也。詞之本事乃如此，無怪作哽咽之聲矣。放翁詩言沈園者有二絕句曰「夢斷香銷四十年。沈園花老不飛綿。此身行作稽山土，猶弔前蹤一惘然。」又「城上斜陽畫角哀。沈園無復舊池臺。傷心橋下春波綠，曾是驚鴻照影來」則絕妙好詞箋之言是矣。

辛稼軒之詞．屬於曼聲者多．促節者間亦有之。如集中一首

賀新郎

綠樹聽鵜鴂。更那堪．鷓鴣聲住．杜鵑聲切。啼到春歸無尋處．苦恨芳菲都歇。算未抵．人間離別。馬上琵琶關塞黑．更長門．翠輦辭金闕。看燕燕．送歸妾。　將軍百戰身名裂。向河梁．回頭萬里．故人長絕。易水蕭蕭西風冷．滿座衣冠似雪。正壯士．悲歌未徹。啼鳥還知如許恨．料不啼清淚長啼血。誰共我．醉明月。

詞題曰「別茂嘉十二弟。」但全首並無一字寫及其兄弟間之情緒。只見堆砌着許多惜別故事。伯兄謂此詞用語無倫次之堆

壘法。於極倔強中顯出極嫵媚。三百篇楚辭以後．敢用此法者．唯稼軒此詞云。

促節之技術．周美成運用得最好。其深刻處．直可比李淸照之尋尋覓覓。如片玉集中之

蘭陵王

柳陰直。烟裏絲絲弄碧。隋堤上．曾見幾番．拂水飄綿送行色。登臨望故國。誰識。京華倦客。長亭路．年去歲來．應折柔條過千尺。

閒尋舊蹤跡。又酒趁哀絃．燈照離席。梨花榆火催寒食。愁一箭風快．半篙波暖。回頭迢遞便數驛。望人在天北。 悽惻。恨堆積。漸別浦縈回。津堠岑寂。斜陽冉冉春無極。念月榭携手．露橋

聞笛。沈思前事．似夢裏．淚暗滴。

古今詞話云。宋徽宗嘗微行．宿李師師家．適美成在焉。聞上至．匆遽避藏衣櫥中。上袖攜新橙贈師師曰．江南初貢也。美成翌日遂演其本事作「少年游」一詞曰．「并刀如水．吳鹽勝雪．纖指破新橙。綿幄初溫．獸香不斷．相對坐調笙。　低聲問．向誰行宿．城上已三更。馬滑霜濃．不如休去．直是少人行。」無何．上見之．大怒．謫美成於外。美成既行之夕．上復就師師．師師見其淚痕被頰．問何所苦。曰．適往送周邦彥行．感不自禁耳。上問邦彥亦有留別詞否．曰有之。因爲歌此章。上感喟．遽召之還。詞之本事乃如此．無怪乎若是之促節矣。

六醜

正單衣試酒、悵客裏光陰虛擲。願春暫留、春歸如過翼。一去無迹。爲問家何在、夜來風雨、葬楚宮傾國。釵鈿墮處遺香澤。亂點桃蹊、輕翻柳陌、多情爲誰追惜。但蜂媒蝶使、時叩窗隔。　東園岑寂。漸蒙籠暗碧。靜繞珍叢底、成歎息。長條故惹行客。似牽衣待話、別情無極。殘英小強簪巾幘、終不似一朵釵頭顫嫋、向人欹側。漂流處莫趁潮汐。恐斷紅尚有相思字、何由見得。

周止庵評此詞之下闋曰、不說人惜花、卻說花戀人。不從無花惜春、卻從有花惜春。不惜已簪之殘英、偏惜欲去之斷紅云云。可謂能觀淸眞之微。詞題爲「薔薇謝後作」。

柳耆卿亦有一首促節名作。曰

雨霖鈴

寒蟬淒切。對長亭晚。驟雨初歇。都門帳飲無緒。方留戀處。蘭舟催發。執手相看淚眼。竟無語凝噎。念去去千里煙波。暮靄沈沈楚天闊。　多情自古傷離別。更那堪冷落淸秋節。今宵酒醒何處。楊柳岸曉風殘月。此去經年。應是良辰。好景虛設。便縱有千種風情。更與何人說。

「今宵酒醒何處。楊柳岸曉風殘月。」眞如聞哽咽之聲。周止庵評柳詞曰。耆卿善以一二語鈎勒提掇。有千鈞之力。信然。

吳夢窗之詞多曼聲。然亦有一首促節之作。曰

解連環

思和雲結。斷江樓望睫，雁飛無極。正岸柳衰不堪攀，忍持贈故人，送秋行色。歲晚來時，暗香亂石橋南北。又長亭暮雪，點點淚痕，總成相憶。　杯前寸陰似擲。幾酬花唱月，連夜浮白。省聽風聽雨笙簫，向別枕倦醒，絮颺空碧。片葉愁紅，趁一舸西風潮汐。歎滄波路長夢短，甚時到得。

詞題曰「留別姜石帚」。夢窗之詞多堆垛，去「眞」字甚遠。唯此一首頗能見眞情性。

大約促節之作，詞不如曲。如牡丹亭之尋夢，長生殿之彈詞，桃花扇之哭主等。中有數折用急管快板，加以襯字，使音節變爲緊迫。

此乃曲之特長。非詩詞之所能及矣。

（六）融和情景

情緒之與環境．常相依倚．若魂靈之與軀體．不可須臾離。寫情緒不能離景物．寫景物不能離情緒。情緒無形質．景物無精神．必要互相附麗而形態乃得表見。若運用精妙．則寫無精神之景物可見其栩栩欲生．寫無形質之情緒可見其盈盈欲出。是在技術。且環境之與情緒．又互相影響。同是一太陽．朝暾則令人發皇．夕照易令人沈悶．此環境之影響於情緒者也。同是一明月．心境怡悅者見其可愛．若離人思婦則見其淒涼矣。此情緒之影響於環境者也。此無他．亦曰景物無精神．常以人之精神而變易其形態故耳。周止庵謂柳耆卿善於鎔情入景．賀方回善於鎔景入情．此即技術之說矣。如柳耆卿之「今宵酒醒何處．楊柳岸曉風殘月。」只見其寫柳與風與月．無一語及於情緒。然而一種淒愴之情活現於紙上矣。又如周美成之「重經前地．遺鈿不見．斜徑都迷。兎葵燕麥．向斜陽影與人齊。」亦只寫眼前景物．但千載下讀之．猶見其栖惶欲絕也。此則技術之最高者矣。如

南唐元宗之

浣溪沙

風壓輕雲貼水飛。乍晴池館燕爭泥。沈郎多病不勝衣。　沙上

未聞鴻雁信．竹間時有鷓鴣啼。此情唯有落花知。

的是病人情緒。「風壓輕雲貼水飛。乍晴池館燕爭泥。」此種極

微細之景物．亦唯病人乃能察之．粗心浮氣者不見也。此所謂鎔情入景者矣。

柳耆卿鎔情入景之作．除〔雨淋鈴〕楊柳岸曉風殘月。〔八聲甘州〕想佳人妝樓凝望兩首前已錄出．茲不贅。此外尚有

少年遊

長安古道馬遲遲。高柳亂蟬嘶。夕陽島外．秋風原上．目斷四天垂。歸雲一去無蹤迹．何處是前期。狎興生疏．酒徒蕭索．不似去年時。

玉蝴蝶

望處雨收雲斷．凭闌悄悄．目送秋光。晚景蕭疏．堪動宋玉悲涼。

水風輕、蘋花漸老、月露冷、梧葉飄黃。遣情傷。故人何在、煙水茫茫。難忘。文期酒會、幾孤風月、屢變星霜。海闊山遙、未知何處是瀟湘。念雙燕、難憑遠信、指暮天、空識歸航。黯相望。斷鴻聲裏、立盡斜陽。

竹馬子

登孤壘、荒涼危亭曠望、靜臨煙渚。對雌霓挂雨、雄風拂檻、微收煩暑。漸覺一葉驚秋、殘蟬噪晚、素商時序。覽景想前歡、指神京非霧、非煙深處。向此成追感、新愁易積、故人難聚。憑高盡日凝佇、贏得消魂無語。極目霽靄霏微。暝鴉零亂、蕭索江城暮。南樓畫角、又送殘陽去。

「夕陽島外秋風原上目斷四天垂。」「水風輕蘋花漸老月露冷梧葉飄黃。」「海闊山遙未知何處是瀟湘。」「斷鴻聲裏立盡斜陽。」「雌霓挂雨雄風拂檻。微收殘暑。」「憑高盡日凝竚。贏得消魂無語。」等句。皆情文並茂。寫得來不知何處是情。何處是景。賀方回亦此中能乎。其作品如

浣溪沙

樓角初消一縷霞。淡黃楊柳暗棲鴉。玉人和月摘梅花。　笑撚粉香歸洞戶。更垂簾幕護窗紗。東風寒似夜來些。

蝶戀花

幾許傷春春復暮。楊柳清陰。偏礙游絲度。天際小山桃葉步。白

蘋花滿湔裙處。竟日微吟長短句。簾影燈昏。心寄胡琴語。數點雨聲風約住。朦朧淡月雲來去。

「玉人和月摘梅花。」「更垂簾幕護窗紗。」「朦朧淡月雲來去。」似此等句。寧復有一毫煙火氣。又如

薄倖

淡妝多態。更的的。頻回眄睞。便認得。琴心先許。欲綰合歡雙帶。記畫堂。風月逢迎。輕顰淺笑嬌無奈。向睡鴨爐邊。翔鴛屏裏。羞把香羅暗解。　自過了。燒燈後。都不見。踏青挑菜。幾回憑雙燕。丁寧深意。往來卻恨重簾礙。約何時再。正春濃。酒困人閒。晝永無聊賴。厭厭睡起。猶有花稍日在。

望湘人

厭鶯聲到枕．花氣動簾．醉魂愁夢相半。被惜餘薰．帶驚賸眼．幾許傷春春晚。淚竹痕鮮．佩蘭香老．湘天濃煖。記小江．風月佳時．屢約非煙游伴。　須信鸞絃易斷。奈雲和再鼓．曲終人遠。認羅襪無蹤．舊處弄波清淺。青翰棹艤．白蘋洲畔。儘日臨皋飛觀。不解寄．一字相思．幸有歸來雙燕。

感皇恩

蘭芷滿汀洲．游絲橫路．羅襪生塵步回顧。整鬟顰黛．脈脈兩情難語。細風吹柳絮．人南渡。　回首舊遊．山無重數。花底深．朱戶何處。半黃梅子．向晚一簾煙雨。斷魂分付與．春歸去。

天香

煙絡橫林。山沈遠照。迤邐黃昏鐘鼓。燭映簾櫳。蛩催機杼。共苦淸秋風露。不眠思婦。齊應和幾聲砧杵。驚動天涯倦客。駸駸歲華行暮。　當年酒狂自負。謂東君以春相付。流浪征驂北道。客檣南浦。幽恨無人晤語。賴明月曾知舊遊處。好伴雲來。還將夢去。

「幾回憑雙燕。丁寧深意。往來卻恨重簾礙。」「厭鶯聲到枕。花氣動簾。醉魂愁夢相半。」「半黃梅子。向晚一簾煙雨。」「燭映簾櫳。蛩催機杼。共苦淸秋風露。不眠思婦。齊應和幾聲砧杵。」眞可謂別有會心者矣。

又如秦少游之

踏莎行

霧失樓臺。月迷津渡。桃源望斷無尋處。可堪孤館閉春寒。杜鵑聲裏斜陽暮。　驛寄梅花。魚傳尺素。砌成此恨無重數。郴江幸自繞郴山。爲誰流下瀟湘去。

浣溪沙

漠漠輕寒上小樓。曉陰無賴是窮秋。淡煙流水畫屏幽。　自在飛花輕似夢。無邊絲雨細如愁。寶簾閑挂小銀鉤。

「可堪孤館閉春寒。杜鵑聲裏斜陽暮。」「寶簾閑挂小銀鉤。」唯淮海乃能道之。又如

鷓鴣天

枝上流鶯和淚聞。新啼痕間舊啼痕。一春魚雁無消息．千里關山勞夢魂。無一語．對芳尊。安排腸斷到黃昏。甫能炙得燈見了．雨打梨花深閉門。

生查子

眉黛遠山長．新柳開青眼。樓閣斷霞明．羅幕春寒淺。杯嫌玉漏遲．燭厭金刀剪。月色忽飛來．花影和簾捲。

蔡伯世云。子瞻辭勝情．耆卿情勝辭．辭情相稱者．少游而已。張叔夏云．少游詞體製淡雅．氣骨不衰。淸麗中不斷意脈．咀嚼無滓．久而知味云。「山抹微雲」一首．世傳傑作．且勿具論。即如「月色忽飛來花影和簾捲。」意境之飄逸。恐非南宋諸公所能道。

又如晏小山之

臨江仙

夢後樓臺高鎖。酒醒簾幕低垂。去年春恨卻來時。落花人獨立。微雨燕雙飛。記得小蘋初見。兩重心字羅衣。琵琶絃上說相思。當時明月在。曾照彩雲歸。

蝶戀花

卷絮風頭寒欲盡。墜粉飄紅。日日香成陣。新酒又添殘酒困。今春不減前春恨。蝶去鶯飛無處問。隔水高樓。望斷雙魚信。惱亂層波橫一寸。斜陽只與黃昏近。

又

醉別西樓醒不記。春夢秋雲·聚散眞容易。斜月半窗還少睡。畫屏閒展吳山翠。衣上酒痕詩裏字。點點行行·總是淒涼意。紅燭自憐無好計。夜寒空替人垂淚。

又

欲減羅衣寒未去。不卷珠簾·人在深深處。殘杏枝頭花幾許。啼紅只恨清明雨。盡日沉香煙一縷。宿酒醒遲·惱破春情緒。遠信還因歸燕誤。小屏風上西江路。

虞美人

曲闌干外天如水。昨夜還曾倚。初將明月比佳期。長向月圓時候望人歸。羅衣著破前香在。舊意誰教改。一春離恨懶調絃。猶有兩行紅淚寶箏前。

【六公令】綠陰春盡，飛絮繞香閣。晚來翠眉宮樣，巧把遠山學。……閒雲歸後，月在庭花舊闌角。

【鷓鴣天】年年陌上生秋草，日日樓中到夕陽。

【木蘭花】碧樓簾影不遮愁，還似去年今日意。牆頭丹杏雨餘花，門外綠陽風後絮。

【御街行】晚春盤馬踏青苔，曾傍綠陰深駐。落花猶在，香屏空掩，人面知何處。

黃山谷評小山詞曰，叔原樂府，寓以詩人句法，精壯頓挫，能動搖人心。陳質齋云、叔原詞能追逼花間、高處或過之。

融和情景之能手、尚有史邦卿。如梅溪詞之

綺羅香

做冷欺花、將煙困柳。千里偷催春暮。盡日冥迷、愁裏欲飛還住。驚粉重、蝶宿西園。喜泥潤、燕歸南浦。最妨他、佳約風流、鈿車不到杜陵路。　沈沈江上望極、還被春潮晚急、難尋官渡。隱約遙峯、和淚謝娘眉嫵。臨斷岸、新綠生時、是落紅、帶愁流處。記當日門掩梨花、翦燈深夜語。

詞題曰「春雨」、此詞直把春雨兩字寫到深刻處。是雨。是春雨。「臨斷岸新綠生時、是落紅帶愁流處。」真能攝取春雨之魂。

雙雙燕

過春社了。度簾幕中間。去年塵冷。差池欲往。試入舊巢相並。還相雕梁藻井。又軟語商量不定。飄然快拂花梢。翠尾分開紅影。芳徑。芹泥雨潤。愛貼地爭飛。競誇輕俊。紅樓歸晚。看足柳昏花暝。應自棲香正穩。便忘了。天涯芳信。愁損翠黛雙蛾。日日畫闌獨凭。

詞題曰「詠燕」。「差池欲往。試入舊巢相並。還相雕梁藻井。又軟語商量不定。」是情是景。恐梅溪亦自難分析。姜白石曰。梅溪能融情景於一家。會句意於兩得。唯白石乃能知梅溪。用輕描淡寫之筆。而能使風景。人物。情致。神韻。一齊活躍於紙上

者。吾唯見朱希眞小令。試錄其

好事近 六首

搖首出紅塵。醒醉更無時節。活計綠蓑青笠。慣披霜衝雪。晚來風定釣絲閒。上下是新月。千里水天一色。看孤鴻明滅。

又

眼底數閒人。只有釣翁瀟灑。已佩水仙宮印。惡風波不怕。此心那許世人知。名姓是虛假。一櫂五湖三島。任船兒尖耍。

又

漁父長身來。只共釣竿相識。隨意轉船回櫂。似飛空無迹。蘆花開落任浮生。長醉是良策。昨夜一江風雨。都不曾聽得。

又

撥轉釣魚船．江海盡爲吾宅。恰向洞庭沽酒．卻錢塘橫笛。　醉顏禁冷更添紅．潮落下前磧。經過子陵灘畔．得梅花消息。

又

短棹釣船輕．江上晚煙籠碧。塞雁海鷗分路．占江天秋色。　錦鱗撥剌滿籃魚．取酒價相敵。風順片帆歸去．有何人留得。

又

猛向這邊來．得個音信端的。天與一綸釣綫．領烟波千億。　紅塵今古轉船頭．鷗鷺已陳迹。不受世間拘束．任東西南北。

雙鸂鶒　一首

拂破秋江煙碧。一對雙飛鸂鶒。應是遠來無力。梢下相偎沙磧。

小艇誰吹橫笛。驚起不知消息。悔不當時描得。如今何處尋覓。

六首好事近，題曰「漁父。」活畫一題中人呼之欲出。輕描淡寫，毫不費力。不見斧鑿痕，又無煙火氣。眞可謂天然去雕飾者矣。試讀「晚來風定釣絲閒，上下是新月。」「昨夜一江風雨，都不曾聽得。」及「悔不當時描得。如今何處尋覓。」等句，是何等意境。汪叔耕曰「詞至東坡而一變，其豪妙之氣，隱隱然流出言外，天然絕世，不假振作。二變而爲朱希眞，多塵外之想，雖雜以微塵，而其清氣自不可沒。三變而爲辛稼軒，乃寫其胸中事，而尤好稱淵明。此詞之三變也」云。獨推三家可謂巨眼。詞學以此種爲別派。謂非正宗也。然而派別自爲一問題。佳否又自爲一問題。正宗之劣品。恐更難堪耳。

融和情景。趙介庵有一首佳作。曰

謁金門

休相憶。明夜遠如今日。樓外綠煙村冪冪。飛花如許急。　柳岸晚來船集。波底夕陽紅濕。送盡去雲成獨立。酒醒愁又入。

宋孝宗讀「波底夕陽紅濕」之句。歎曰。豈意吾家亦有此清才。辛稼軒壽趙介庵之「水調歌頭」曰「千里渥洼種。名動帝王家」即指此事。

周草窗有一首

高陽臺

小雨分江，殘寒迷浦，春容淺入蒹葭。雪霽空城，燕歸何處人家。夢魂欲渡蒼茫去，怕夢輕、還被愁遮。感流年、夜汐東還，冷照西斜。

萋萋望極王孫草，認雲中煙樹，鷗外春沙。白髮青山，可憐相對蒼華。歸鴻自趁潮回去，笑倦遊、猶是天涯。問東風、先到垂楊。後到梅花。

題曰「寄越中諸友。」眞能廻盪人腸。「夢魂欲渡蒼茫去，怕夢輕還被愁遮。感流年夜汐東還，冷照西斜。」「歸鴻自趁潮回去，笑倦遊猶是天涯。」眞可謂融情入景者矣。

（七）描寫物態

凡物各自有其情態。然物自不能作態向人．唯慧心人之慧眼乃能察之。既察之．又須運用其靈妙之筆乃能寫之。鈍根則不能也。狀物能乎．當推張玉田。試讀其詠「孤雁」之

解連環

楚江空晚。悵離羣萬里．恍然驚散。自顧影．欲下寒塘．正沙淨草枯．水平天遠。寫不成書．只寄得．相思一點。歎因循誤了．殘氈擁雪．故人心眼。

誰憐旅愁荏苒．謾長門夜悄．錦箏彈怨。想伴侶猶宿蘆花．也曾念春前．去程應轉。暮雨相呼．怕驀地．玉關重見。未羞他．雙燕歸來．畫簾半捲。

題曰孤雁，眞能把「孤」字寫到深刻處。「寫不成書，只寄得相思一點」。不知從何處得來。想伴侶數句，雁之情緒，唯玉田乃能知之。

王碧山稱詠物聖乎，花外集有詠「新月」之

眉嫵

漸新痕懸柳，澹彩穿花，依約破初暝。便有團圓意，深深拜，相逢誰在香徑。畫眉未穩，料素娥猶帶離恨。最堪愛、一曲銀鈎小，寶簾挂秋冷。　千古盈虧休問。歎漫磨玉斧，難補金鏡。太液池猶在，淒涼處、何人重賦淸景。故山夜永。試待他窺戶端正，看雲外山河，還老桂花舊影。

無悶

陰積龍荒。寒度雁門。西北高樓獨倚。悵短景無多。亂山如此。欲喚飛瓊起舞。怕攪碎。紛紛銀河水。凍雲一片。藏花護玉。未教輕墜。清致。悄無似。有照水南枝。已攙春意。誤幾度憑闌。莫愁凝睇。應是梨花夢好。未肯放東風來人世。待翠管吹破蒼茫。看取玉壺天地。

題曰「雪意」的確是雪意而非雪片。「誤幾度憑闌。莫愁凝睇。應是梨花夢好。未肯放東風來人世」眞虧他想。又如

【南浦】 柳下碧粼粼。認麴塵乍生。色嫩如染。淸溜滿銀塘。東風細。參差縠紋初徧。（春水）

【水龍吟】渭水風生，洞庭波起，幾番秋杪。想重厓半沒，千峯盡出，山中路，無人到。（落葉）

【齊天樂】飲露身輕，吟風翅薄，半翦冰箋誰寄。……病葉難留，纖柯易老，空憶斜陽身世。（蟬）

乍咽涼柯，還移暗葉，重把離愁深訴。……病翼驚秋，枯形閱世，消得斜陽幾度。（蟬）

眞能把蟬之身世，蟬之情緒，刻畫出來。

周草窗有詠「梅影」一首，曰

疏影

冰條凍葉。又横斜照水，一花初發。素壁秋屏，招得芳魂，彷彿玉容明滅。疏疏滿地珊瑚冷，全誤卻撲花幽蝶。甚美人，忽到窗前，鏡裏好春難折。　閑想孤山舊事，浸清漪倒映千樹殘雪。暗裏東風，可慣無倚，攪碎一簾香月。輕妝誰寫崔徽面，認隱約烟綃重疊。記夢回紙帳殘燈，瘦倚數枝清絕。

雪意梅影等題，最難著筆。因爲似實而虛，偶一不慎，則寫梅雪矣。碧山草窗此二首眞能得「意」字與「影」字之神。

晁叔用有「梅花」一首曰

漢宮春

瀟灑江梅，向竹梢疏處，橫兩三枝。東君也不愛惜，雪壓霜欺。無情燕子，怕春寒輕失花期。卻是有年年塞雁，歸來曾見開時。

清淺小溪如練。問玉堂何似。茅舍疏籬。傷心故人去後。冷落新詩。微雲淡月。對江天分付他誰。空自憶。清香未減。風流不在人知。

沈伯時樂府指迷曰。鍊句下語最是要緊。如詠桃。不可直說破桃。須用紅雨劉郎等字。如詠柳。不可直說破柳。須用章臺灞岸等事。又用事如曰銀鉤空滿。便是書字了。不必更說書字。玉筯雙垂。便是淚字了。不必更說淚云。余最不以此種議論爲然。若因行文之便偶以自然出之。未嘗不可。若專以此教學者。倘或食而不化。則終身無出路矣。吳夢窗即犯此病。所以張叔夏謂夢窗詞如七寶樓臺。眩人耳目。塌碎下來。不成片段云。此即堆典之病也。萬不可學。試讀此首漢宮春題曰詠梅。而第一韻即曰「瀟灑江梅．向竹梢疏處．横兩三枝。」一語道破．又何嘗非一首名作。大約張玉田所謂「詩難於詠物．詞爲尤難。體認稍眞．則拘而不暢。模寫差遠．則晦而不明。」此語最爲中肯。

史梅溪．有詠「春雪」一首．曰

東風第一枝

巧翦蘭心。偸黏草甲。東風欲障新煖。謾疑碧瓦難留．信知暮寒輕淺。行天入鏡．做弄出輕鬆纖軟。料故園·不捲重簾．誤了乍來雙燕。　青未了·柳回白眼。紅欲斷·杏開素面。舊遊憶著陰山．後盟遂妨上苑。熏爐重熨．便放慢·春衫鍼綫。恐鳳鞾·挑菜歸來．萬一灞橋相見。

張玉田評此詞曰、全章精粹、所詠瞭然在目、且不留滯於物。可謂知言。又如章質夫詠「楊花」之

水龍吟

燕忙鶯懶芳殘、正堤上柳花飄墜。輕飛亂舞、點畫青林、全無才思。閑趁遊絲、靜臨深院、日長門閉。傍珠簾散漫、垂垂欲下、依前被風扶起。蘭帳玉人睡覺、怪春衣雪霑瓊綴。繡牀漸滿、香毬無數、纔圓卻碎。時見蜂兒、仰粘輕粉、魚吞池水。望章臺路杳、金鞍遊蕩、有盈盈淚。

又東坡一首、題曰「和章質夫楊花」

水龍吟

似花還似非花．也無人惜從敎墜。拋家傍路．思量卻是．無情有思。縈損柔腸．困酣醉眼．欲開還閉。夢隨風萬里．尋郞去處。又還被．鶯呼起。　不恨此花飛盡．恨西園．落紅難綴。曉來雨過．遺蹤何在．一池萍碎。春色三分．二分塵土．一分流水。細看來不是．楊花點點。是離人淚。

玉田謂坡公次韻與原唱機鋒相摩。起句便合讓東坡出一頭地。過片後愈出愈奇．眞壓倒今古云。所以論者有東坡和韻而似原唱．質夫原唱而似和韻之說。玉田又云．詞不可强和人韻。若唱者之曲韻寬平．庶可賡歌。倘韻險．又爲人所先．則必牽强賡和．句意自不能融貫、徒費苦思、未見有全章妥溜者云。自是至理名言。林君復之點絳脣、梅舜俞之蘇幕遮、歐陽永叔之少年遊、稱詠春草三絕調。更有韓玉汝之鳳簫吟、亦稱春草名作。自韓詞以後、（一鳳簫吟）亦名（芳草、）其見重於世可知矣。試將此四詞錄列於左、視此四君之技術何如也。

點絳脣（林逋）

金谷年年、亂生春色誰爲主。餘花落處、滿地和煙雨。又是離歌、一闋長亭暮。王孫去。萋萋無數。南北東西路。

蘇幕遮（梅堯臣）

露隄平、煙墅杳。亂碧萋萋、雨後江天曉。獨有庾郎年最少。窣地春袍嫩色宜相照。接長亭。迷遠道。堪怨王孫。不記歸期早。落盡梨花春事了。滿地殘陽。翠色和煙老。

少年遊（歐陽修）

闌干十二獨凭春。晴碧遠連雲。千里萬里。二月三月。行色苦愁人。謝家池上。江淹浦畔。吟魄與離魂。那堪疎雨滴黃昏。更特地憶王孫。

鳳簫吟（韓縝）

鎖離愁連綿無際。來時陌上初熏。繡幃人念遠。暗垂珠露。泣送征輪。長行長在眼。更重重遠水孤雲。但望極樓高。盡日目斷王孫。消魂。池塘別後。曾行處綠妒輕裙。恁時携素手。亂花飛絮裏。緩步香茵。朱顏空自改。向年年芳意長新。遍綠野。嬉遊醉眼。

莫負青春。

「萋萋無數。南北東西路。」「滿地殘陽。翠色和煙老。」「長行長在眼。更重重遠水孤雲。」眞堪稱絕調。而尤以歐陽永叔之「闌干十二獨凭春。晴碧遠連雲。千里萬里。二月三月。行色苦愁人。」能深得春草之神。

高竹屋有詠草一首亦不弱。曰

少年遊（高觀國）

春風吹碧。春魂映綠。曉夢入芳裀。輭襯飛花。遠連流水。一望隔香塵。 萋萋多少江南恨。翻憶翠羅裙。冷落閑門。淒迷古道。煙雨正愁人。

以上所錄。均屬描寫天然景物之作。更錄詠人工物品者二闋。用備一格。

夜合花　笛　（梅溪）

冷截龍腰。偸挐鸞爪。楚山長鎖秋雲。梅華未落。年年怨入江城。千嶂碧。一聲清。枉人間兒女簫笙。共凄涼處。琵琶湓浦。長嘯蘇門。當時低度西鄰。天澹闌干欲暮。曾賦高情。子期老矣。不堪滯酒重聽。纖手靜。七星明。有新聲應更魂驚。夢回人世。寥寥夜月。空照天津。

南柯子　梳　（清真）

桂魄分餘暈．檀槽破紫心。曉窗初試鬢雲侵。每被蘭膏香染．色深沈。指印纖纖粉．釵横隱隱金。有時雲雨鳳幃深。長是枕前不見．滯人尋。

梅溪一首．詠物而不滯於物。淸眞一首．詠物而不外於物。各有所長。更錄詠身體類二首．以備格。

沁園春 指甲 （龍洲）

銷薄春冰．碾輕寒玉．漸長漸彎。見鳳鞋泥污．偎人强剔．龍涎香斷．撥火輕翻。學撫瑤琴．時時欲翦．更掬水魚鱗波底寒。纖柔處．試摘花香滿．鏤棗成斑。時將粉淚偷彈。記綰玉．曾教柳傳看。算恩情相著．搔便玉體．歸期暗數．畫徧闌干。每到相思．沈吟靜處。斜倚朱唇皓齒間。風流甚。把仙郎暗掐。莫放春閑。

齊天樂 白髮 （梅溪）

秋風早入潘郎鬢。斑斑遽驚如許。暖雪侵梳。晴絲拂領。栽滿愁城深處。瑤簪謾妒。便羞插宮花。自憐衰暮。尙想春情。舊吟淒斷茂陵女。　人間公道唯此。歎朱顏也恁。容易墮去。涅了重緇。搔來更短。方悔風流相誤。郎潛幾縷。漸疏了銅駝。俊遊儔侶。縱有鬖鬖。奈何詩思苦。

此種題目。絕少佳作。且作品無多。或非詞之所長。龍洲梅溪兩闋。已算工麗矣。

王伯良曰。詠物毋得罵題。卻要開口便見是何物。不貴說體。只貴說用。佛家所謂不即不離．是相非相。只於牝牡驪黃之外．約略寫其風韻。令人彷彿中如燈鏡傳影．了然目中．卻摸捉不得。方是妙手。如何是說體．如昔人詠柳絮「一似半天飄粉．遶樹疑酥．平地飛瓊堵。」是也。如何是說用．如詠草「斜陽外．幾家斷橋村塢。」「池塘雨歇．夢回南浦。」「王孫何事在長途．好歸去又驚春暮。」是也。

此種議論．雖仍不脫文人結習．然較於沈伯時只教人堆典．則高明多矣。彼之所謂「用」即在精神上情緒上著筆之意。

節序之詠．亦文學中之一種．且爲文人興感之一種重要原料。然而詠七夕者多以牛女爲背景．詠重九者多以龍山爲背景．尚非純粹插寫節序也。今擇錄單純以節序爲背景者數章．用備一格。

解語花　元宵　（周美成）

風銷焰蠟．露浥烘爐．花市光相射．桂華流瓦。纖雲散．耿耿素娥欲下。衣裳淡雅。看楚女．纖腰一把。簫鼓喧．人影參差．滿路飄香麝。因念都城放夜。望千門如晝．嬉笑游冶。鈿車羅帕。相逢處．自有暗塵隨馬。年光是也。唯只見．舊情衰謝。清漏移．飛蓋歸來．從舞休歌罷。

東風第一枝　立春　（史邦卿）

草腳愁蘇。花心夢醒。鞭香拂散牛土。舊歌空憶珠簾．綵筆倦題繡戶。黏雞貼燕．想占斷．東風來處。暗惹起一掬相思．亂若翠盤紅縷。今夜覓夢池秀句。明日動探花芳緒。寄聲酤酒人家。預約俊游伴侶。憐他梅柳。怎忍潤天街酥雨。待過了一月燈期。日日醉扶歸去。

蝶戀花　元日立春　（辛幼安）

誰向椒盤簪綵勝。整整韶華。爭上春風鬢。往日不堪重記省。爲花常把新春恨。　春未來時先借問。晚恨開遲。早又飄零近。今歲花期消息定。只愁風雨無憑準。

此數章措辭精粹。不愧大家。且能刻畫出時序風物之盛。人家宴樂之同。尤以稼軒之蝶戀花。把兩截題融合無痕。是眞名手。稼軒之立春漢宮春詞。亦稱名作。見前第四章曼聲條下。稼軒尚有佳

作一首曰、

青玉案　元夕（辛幼安）

東風夜放花千樹。更吹落、星如雨、寶馬雕車香滿路。鳳簫聲動、玉壺光轉、一夜魚龍舞。　蛾兒雪柳黃金縷。笑語盈盈暗香去。衆裏尋他千百度。驀然回首。那人卻在、燈火闌珊處。

此詞眞可謂情文並茂者矣。「衆裏尋他千百度。驀然回首、那人卻在、燈火闌珊處。」的是踏燈情事、而意境之高超、可謂獨絕。

大聖樂　東園餞春（周公謹）

嬌綠迷雲。倦紅顰晚、嫩晴芳樹。漸午陰簾影移香、燕語夢回、千點碧桃吹雨。冷落錦宮人歸後、記前度、蘭橈停翠浦。憑闌久、謾凝想鳳翹，慵聽金縷。留春問誰最苦。奈花自無言鶯自語。對畫樓殘照，東風吹遠，天涯何許。怕折柳條愁輕別，更烟暝，長亭嗁杜宇。垂楊晚，但羅袖，暗香飛絮。

「漸午陰簾影移香，燕語夢回，千點碧桃吹雨。」「留春問誰最苦。奈花自無言鶯自語。」眞能描出暮春之魂。然而南宋作品，終不免辭蕪意淺之患。

水調歌頭　中秋（朱希眞）

偏賞中秋月，從古到如今。金風玉露相間，別做一般淸。是處簾櫳爭卷，誰家管絃不動，樂世足歡情。莫指關山路，空使翠娥顰。

水精盤，鱸魚膾，點新橙。鵝黃酒暖纖手，傳杯任頻斟。須惜曉參橫後、直到來年今夕、十二數虧盈。未必來年看、得似此回明。

東坡之中秋「水調歌頭、」自是千古絕調。然祇是對月高歌、寫凌空之感想、於節序無關也。無論移至某月、均可適用。詞見第四章曼聲條下。若此首之「是處簾櫳爭卷、誰家管絃不動、樂世足歡情。」「須惜曉參橫後、直到來年今夕、十二數虧盈。」能把節序之盛、宴樂之同、完全表現。的是中秋詞、不可移易。坡詞寫宇宙、樵歌寫人間、各有風味。

樵歌復有「水調歌頭」一首、題曰「對月有感。」彼之所感、又與東坡不同。錄如下

水調歌頭　對月有感　（朱希真）

天宇著垂象。日月共回旋。因何明月偏被。指點古來傳。浪語修成七寶。漫說霓裳九奏。阿姊最嬋娟。憤激書青奏。伏願聽臣言。詔六丁。驅狡兔。屏癡蟾。移根老桂種在。歷歷白榆邊。封鎖廣寒宮殿。不許姮娥歌舞。按次守星躔。永使無虧缺。長對日團圞。

眞可謂奇思妙想。此是彼對於上帝所上之條陳也。以月有盈缺。歸罪於藥兔玉蟾姮娥老桂。

辛稼軒有中秋詞一首。曰

木蘭花慢　送月　（辛幼安）

可憐今夜月。向何處。去悠悠。是別有人間。那邊纔見。光景東頭。是天外空汗漫。但長風·浩浩送中秋。飛鏡無根誰繫。姮娥不嫁誰留。謂經海底問無由。恍惚使人愁。怕萬里長鯨．從橫觸破．玉殿瓊樓。蝦蟆故堪浴水．問云何．玉兎解沈浮。若道都齊無恙．云何漸漸如鈎。

題曰「中秋飲酒將旦．客謂前人詩詞．有賦待月．無送月者．因用天問體賦。」想入非非．而「是別有人間．那邊纔見光景東頭。」竟澈悟地圓之理．不可謂不聰明。

高陽臺　除夕　（韓子耕）

頻聽銀籤．重然絳蠟．年華袞袞驚心。餞舊迎新．能消幾刻光陰。老來可慣通宵飲．待不眠．還怕寒侵。掩清尊．多謝梅花．伴我微吟。鄰娃已試新妝了．更蜂腰簇翠．燕股橫金。勾引東風．也知芳思難禁。朱顏那有年年好．逞艷遊．贏取如今。恣登臨．殘雪樓臺。遲日園林。

以上數首均能把節序歲時．民間風俗．刻畫出來。即如此闋之第一韻「頻聽銀籤．重然絳蠟．年華袞袞驚心」。守歲時之景物與情緒．被伊一語道着矣。

除夕詞之最新奇可喜者．莫若周晉仙之

浪淘沙　除夕

還了酒家錢。便好安眠。大槐宮裏著貂蟬。行到江南知是夢．雪壓漁船。　盤礴古梅邊。也是前緣。鵝黃雪白又醒然。一事最奇君聽取．明日新年。

新年原不奇。唯彼動色相告。斯乃最奇。

（八）描寫女性

文學上描寫女性情感者不在少數。但總不免帶幾分病態。然此乃女性之本質如是．非文學家之罪也。畫像只求其眞．描寫之謂何．在得其神情之眞而已。

柳耆卿之作品．原非以描寫女性見長。但樂章集一首最有趣．曰

定風波

自春來慘綠愁紅．芳心是事可可。日上花梢．鶯穿柳帶．猶壓香衾臥。暖酥消．膩雲嚲。終日厭厭倦梳裹。無那。恨薄情一去．音書無箇。 早知恁麼。悔當初．不把雕鞍鎖。向雞窗只與蠻箋象管．拘束教吟課。鎮相隨．莫拋躲。針線閑拈伴伊坐。和我。免使少年．

光陰虛過。

「悔當初不把雕鞍鎖。」鎖字妙。「拘束教吟課」欲就教於人。不日請。不日求。而曰拘束。更妙而且奇。「針線閑拈伴伊坐。和我。」「和我」兩字。得情態之神。

又陸子逸之

瑞鶴仙

臉霞紅印枕。睡起來冠兒。還是不整。屏間麝煤冷。但眉峯壓翠。淚珠彈粉。堂深晝永。燕交飛。風簾露井。恨無人。說與相思。近日帶圍寬盡。

重省。殘燈朱幌。淡月紗窗。那時風景。陽臺路迥。雲雨夢。便無準。待歸來先指。花梢教看。卻把心期細問。問因循過了青春．怎生意穩。

耆舊續聞云。南渡初．南班宗子寓居會稽．為近屬士．園亭甲於浙東．一時座客．皆騷人墨士．陸子逸嘗與焉。士有侍姬名盼盼者．色藝俱絕．陸每屬意。一日宴客．偶睡不預捧觴．陸動問．士即呼至．則枕痕猶在臉。陸為賦〔瑞鶴仙〕一時傳為雅唱。後盼盼亦歸陸氏。

文學上描寫女性之作．余最愛陶淵明之閑情賦。彼用烘托法以寫人物．專從微細之物件寫去．而一個雍容華貴之絕代佳人．自活現於紙上。欲從詞中强覓一首運用此種技術者而不可得．眞絕作矣。今但擇情致綿邈．而無損女性身分者．錄若干首。

錦堂春（趙德麟）

樓上縈簾弱絮．牆頭礙月低花。年年春事關心事，腸斷欲棲鴉。舞鏡鸞衾翠減．啼珠鳳蠟紅斜。重門不鎖相思夢．隨意遶天涯。

賣花聲（康伯可）

蹙損遠山眉。幽怨誰知。羅衾滴盡淚胭脂。夜過春寒愁未起．門外鵶啼。惆悵阻佳期。人在天涯。東風頻動小桃枝。正是銷魂時候也。撩亂花飛。

踏莎行（寇平叔）

春色將闌．鶯聲漸老。紅英落盡青梅小。畫堂人靜雨濛濛．屏山半掩餘香裊。密約沉沉．離情杳杳．菱花塵滿慵將照。倚樓無語欲銷魂．長空黯淡連芳草。

南鄉子（周美成）

晨色動妝樓。短燭熒熒悄未收。自在開簾風不定．颼颼。池面冰漸趁水流。早起怯梳頭。欲綰雲鬟又卻休。不會沉吟思底事．凝眸。兩點春山滿鏡愁。

更漏子（溫庭筠）

柳絲長．春雨細。花外漏聲迢遞。驚塞雁．起城烏。畫屏金鷓鴣。

香霧薄．透簾幕。惆悵謝家池閣。紅燭背．繡簾垂。夢長君不知。

又

星斗稀。鐘鼓歇。簾外曉鶯殘月。蘭露重。柳風斜。滿庭堆落花。

虛閣上。倚闌望。還似去年惆悵。春欲暮。思無窮。舊歡如夢中。

又

玉爐香。紅蠟淚。偏照畫堂秋思。眉翠薄。鬢雲殘。夜長衾枕寒。

梧桐樹。三更雨。不道離愁正苦。一葉葉。一聲聲。空階滴到明。

孫光憲之小令。專以細膩之筆描寫女性情緒。錄其

浣溪沙十二首

碧玉衣裳白玉人。翠眉紅臉小腰身。瑞雲飛雨逐行雲。除卻

弄珠兼解佩。便隨西子與東鄰。是誰容易比眞眞。

又

何事相逢不展眉。苦將情分惡猜疑。眼前行止想應知。　半恨
半嗔回面處、和嬌和淚泥人時。萬般饒得爲憐伊。

又

靜想離愁暗淚零。欲棲雲雨計難成。少年多是薄情人。　萬種
保持圖永遠、一般模樣負神明。到頭何處問平生。

又

葉墜空階折早秋。細煙輕霧鎖妝樓。寸心雙淚慘嬌羞。　風月
但牽魂夢苦、歲華偏感別離愁。恨和相憶兩難酬。

又

月淡風和畫閣深。露桃煙柳影相侵。斂眉凝緒夜沈沈。　長有

夢魂迷別浦。豈無春病入愁心。少年何處戀虛襟。

又

自入春來月夜稀。今宵蟾影倍凝暉。强開襟抱出簾帷。　齧指

暗思花下約。憑闌羞覩淚痕衣。薄情狂蕩幾時歸。

以上六首見尊前集。

又

花漸凋疎不耐風。畫簾垂地晚堂空。墮階縈蘚舞愁紅。　膩粉

半粘金靨子。殘香猶暖繡薰籠。蕙心無處與人同。

又

攬鏡無言淚欲流。凝情半日懶梳頭。一庭疏雨濕春愁。　楊柳

祗知傷怨別。杏花應信損嬌羞。淚沾魂斷軫離憂。

又

半踏長裾宛約行。晚簾疎處見分明。此時堪恨昧平生。　早是銷魂殘燭影。更愁聞着品絃聲。杳無消息若爲情。

又

蘭沐初休曲檻前。暖風遲日洗頭天。濕雲新斂未梳蟬。　翠袂半將遮粉臆。寶釵長欲墜香肩。此時模樣不禁憐。

又

風遞殘香出繡簾。團窠金鳳舞襜襜。落花微雨恨相兼。　何處去來狂太甚。空推宿酒睡無厭。爭教人不別猜嫌。

又

輕打銀箏墜燕泥。斷絲高罥畫樓西。花冠閑上午牆啼。 粉籜半開新竹徑。紅苞盡落舊桃蹊。不堪終日閉深閨。

以上六首見花間集。

五代小令，清空靈妙，韻味至佳。余於此處乃在一人作品中之一調，錄其十二首之多，並非有所特愛，但欲藉此以證明選本之無據，及主觀之難憑而已。花間尊前兩集，即世所稱為選本之最早者。其所選孫光憲之浣溪沙，則無一首從同。平心而論，十二首同是嬌柔旖旎之作。不過花間六首旖旎之中帶名貴，多寫體態。尊前六首旖旎之中帶濃艷，多寫情緒而已。使我評定甲乙，則正無所軒輊也。可見主觀之各不相同而趨舍異路。余於概論中勸人勿讀選本、即此意耳。

更錄以女性描寫女性情緒之作品數闋。此之謂攬鏡自照、以此言眞、更無有眞於此者矣。

鳳凰臺上憶吹簫（李清照）

香冷金猊、被翻紅浪、起來慵自梳頭、任寶奩塵滿、日上簾鈎。生怕離愁別苦、多少事、欲說還休。新來瘦。非關病酒。不是悲秋。休休。這回去也、千萬遍陽關、也則難留。念武陵人遠、烟鎖秦樓。唯有樓前流水、應念我、終日凝眸。凝眸處、從今又添一段新愁。

燭影搖紅（孫夫人）

乳燕穿簾．亂鶯啼樹清明近。隔簾時見柳花飛．猶覺寒成陣。長記眉峯偸隱。臉桃紅．難藏酒暈。背人微笑．半嚲鬆釵．輕籠蟬鬢。

別久啼多眼。應不似當時俊。滿園珠翠逞春嬌．沒箇他風韻。若見賓鴻試問。待相將綵牋寄恨。幾時得見．門草歸來．雙鴛微潤。

謁金門（朱淑真）

春已半。觸目此情無限。十二闌干閑倚遍。愁來天不管。好是風和日暖。輸與鶯鶯燕燕。滿院落花簾不捲。斷腸芳草遠。

繫裙腰（魏夫人）

燈花耿耿漏遲遲。人別後．夜涼時。西風瀟灑夢初回。誰念我．就

單枕。皺雙眉。錦屏繡幌與秋期。腸欲斷。淚偷垂。月明還到小

窗西。我恨你。我憶你。你爭知。

朱文公云。本朝婦人能文章者。曾子宣妻魏氏及李易安二人而已。夫人籍隸襄陽。南豐相國曾布之妻。封魯國夫人。子紆。亦有名於時。文公許與漱玉齋名。則其文采風流。亦自可知。又歷代詩餘詞人姓氏錄。謂朱淑眞與曾布妻魏氏爲詞友云。孫夫人名道絢。號冲虛居士。黃銖之母。

詞學下編終